GOBOOKS & SITAK GROUP©

GOBOOKS
& SITAK
GROUP©

三日月書版

三日月書版

帝柳
illust. 深雪
惡役伯爵
調教日記
Diary
輕世代
FW360
三日月書版
4

惡役伯爵
調教日記
The Villain Earl's Discipline Diary

C O N T E N T S

惡役伯爵調教日記

The Villain Earl's Discipline Diary

福斯特・法蒂娜

「那些傷害過我姐姐的人，
我一個都不會放過。」

曾經是個爛漫天真的少女，
但在姐姐遇害之後，一夜白髮，性格大變。
脾氣惡劣，凡事以自我為中心，
對於阻礙自己的人事物都極度厭惡。

惡役伯爵調教日記

The Villain Earl's Discipline Diary

黑格爾

「法蒂娜大人，只要是有關您的事情，屬下什麼都知道喔。」

病嬌的跟蹤型人格，凡是關於法蒂娜大人的事情都掌握得一清二楚。
非常依附著法蒂娜，倘若法蒂娜否定自己的作為就會陷入陰沉的情緒之中。

惡役伯爵調教日記

The Villain Earl's Discipline Diary

相馬時夜

「為了查出當年的真相
我們缺一不可。」

溫柔內斂的東方貴族，
與法芙娜有過婚約，目前從事警探工作。
視法蒂娜為妹妹，對法蒂娜如今的火爆
脾氣充滿包容。

惡役伯爵調教日記

The Villain Earl's Discipline Diary

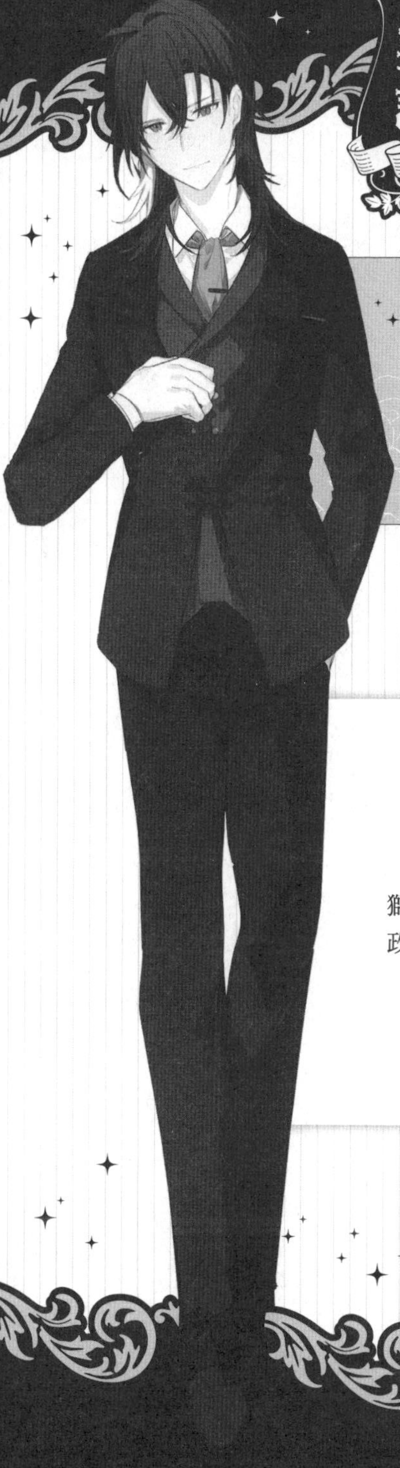

赫滅

「獅子心共和國，
將因我而偉大。」

獅子心共和國的宰相，深藏不露，難以捉摸。
政治手腕強悍，是蘭提斯大陸上公認最有權力的男人。

The Villain Earl's
Discipline Diary

第一章

「嗨，沒想到會在這裡見到我，對嗎？克莉絲汀老師——不，福斯特伯爵大人？」

打從聽到這句話後，法蒂娜就板著一張臭臉，非常不悅。她與對方看似要聊天般挑了家咖啡廳坐下，但即便香氣十足的拿鐵上了桌，也沒能舒開一點法蒂娜的眉頭。

「哎呀，拿鐵聞起來真香，伯爵大人趁熱享用比較美味喔。」

坐在法蒂娜對面的男子堆滿笑臉，他有著一頭醒目紅髮，加上還算英俊的臉孔，在這家咖啡廳中也算是顯眼的存在。

「你不先說說這是怎麼回事嗎——亞克。不，或者我該問，你是誰？」

法蒂娜的慍色全寫在臉上。她雙手抱胸，雙膝交疊翹著一腳，眼神彷彿隨時可以射出殺人光線，直直瞪著面前的亞克。

不，就像她剛才說的，雖然知道他叫「亞克」，但對於此人的身分，她也僅知道對方和自己一樣是亞倫王子的家庭教師這部分。

如果只是單純的皇室家庭教師，怎麼可能叫得動武裝部隊來圍捕西里斯？

而且，這傢伙還擁有指揮權限，怎麼想都不可能只是個普通的家教！

她早就懷疑過亞克的真實身分，但始終沒能查個水落石出，直到今天反被對方將了一軍，更讓她火大。

這種被矇騙與輸了的感覺，是法蒂娜向來最難忍受的！

由於這種難以平復的心情，加上有太多問題想質問對方，法蒂娜在現場就一把將人拖走。

不管亞克願不願意，總之她就是這麼做了。她就是要亞克現在、此刻、當下，對她說明一切！

「不好意思，打擾了……這杯是先生的卡布奇諾。」

就在亞克與法蒂娜兩人之間氣氛尷尬、劍拔弩張時，店員以彷彿冒著危險前往戰場的緊張態度及緊繃表情，送上了冒著白色熱氣的飲品。

「辛苦了，謝謝你呢。」相較於法蒂娜完全無動於衷的臭臉，亞克微笑著向店員道謝，接下卡布奇諾。

「你到底要不要回答我的問題？」

法蒂娜再次開口，沒好氣地追問。

「先讓我喝一口咖啡嘛，剛送上來要趁熱喝一下。伯爵大人妳也是，別浪費了咖啡的美味。」

亞克喝了一口卡布奇諾後，又說：「若是我不願意說明，就不會跟著伯爵大人來到這裡了。請放心吧，先好好品嘗咖啡，這家的咖啡很好喝喔。」

「哼，你這傢伙……」法蒂娜只得冷哼一聲。既然亞克都這麼說了，她就勉強再忍耐一下吧。

她拿起放在桌上的拿鐵輕啜，口腔瞬間充滿溫潤的咖啡芬芳。也不知道是不是真有安定心神的效果，喝了一口下去，確實有比較放鬆的感覺。

「那麼，感覺伯爵大人有很多問題想問？這樣好了，我先回答妳第一個問題吧……關於我是誰。」

亞克放下手中的咖啡杯，從口袋裡掏出一張名片，緩緩地放在桌上推向法蒂娜。

法蒂娜拿起名片一看，上面的名字與「亞克」不僅相去甚遠，最讓她在意的，是對方的職稱頭銜。

「向隆——亞弗公國調查局探員？」法蒂娜睜大雙眼，看著名片上的文字，愣愣地念了出來。

「你是……亞弗公國調查局的人？」抬起眼來，她有些難以置信地看著對面的紅髮男人。

「您好，福斯特伯爵大人，請容我正式自我介紹——我是向隆，身分是亞弗公國調查局探員，編號三十六。作為亞綸王子家庭教師的亞克，是我用來臥底的身分。」

自稱向隆，不久前還名為亞克的男人，笑笑地朝法蒂娜伸手，想握手致意。

「哼……我就知道你的身分造假。倒是沒想到，你居然是亞弗公國調查局的人。」

法蒂娜冷哼一聲，雙手抱胸，完全不理會向隆伸出的手。

「呵，代表我臥底得滿成功的吧？連同鄉的伯爵大人都未察覺，也沒查出我的真實身分，這樣看來，我這個調查局探員還算及格呢。」

向隆從容地收回手，沒有因為法蒂娜的冷漠而展現一絲尷尬。就好像，他早已預料到對方會有這般回應。

「你想要自誇我不反對，確實我沒料到也沒聽說有你這號人物，算是我的準備不足。既然你是亞弗公國的探員，就能夠解釋為何那群武裝人員會出現在現場並聽你指揮了。」

法蒂娜一手托著自己的下巴，認真回想當時的場面。儘管向隆沒說，但以他能夠負責指揮一支小隊的狀況來看，肯定不會僅是普通的探員。

「嗯，那麼接下來，我想伯爵大人也會想問，為何我會出現在那裡吧？」

向隆說完這句話後，又喝了一口卡布奇諾。

法蒂娜一邊的眉頭往上挑，沒好氣地反問，「既然你都知道了，還不快說？」

「我先前應該有請妳的侍從……啊，是那名喬裝成清潔工、一起在王宮臥底的男人，我應該有請他轉達過吧？」

這回換向隆眼睛往上看，擺出回想的模樣。

法蒂娜先是愣了一下，隨後就想起當初黑格爾轉告她的話。

「你是說……該不會就是那句什麼『有人會代替我調查』的傳話吧？」

原來——指的是亞弗公國的調查局也插手調查亞綸王子一事？

「沒錯，看來話有如實地傳達過去呢。」向隆微微一笑，點了點頭。

「說，為何你們會插手調查？難道亞綸那傢伙涉及了更大的案件嗎？」

這是法蒂娜第一直覺想到的原由，若非亞綸涉及更大的案件，調查局怎麼會插手？

還是說，亞綸當真和姐姐的死有關？

如此一來，確實有可能……畢竟無論是死去之人，還是牽涉其中的嫌疑犯，都是足以動搖國際關係的人物。

「很抱歉，關於這點我無法透露。」向隆搖了搖頭，直接斷然拒絕回答。

「該不會是跟我姐姐的死有關吧？」這樣的回答其實法蒂娜不算意外，於是乾脆直接挑明問。

「我只能說，事情比伯爵大人想像的還要複雜……不過聽妳這樣問我也放心了，看來妳還沒了解到『那樣的程度』。」

「別話中帶話，我最討厭你這種說話拐彎抹角的人。」

法蒂娜皺緊眉頭。或許向隆沒有那樣的意思，但聽在法蒂娜耳裡，方才那段話就像在嘲弄自己一樣，好似在說她沒有那麼大的本領可以知道更多情報。

那種被看不起的感覺，法蒂娜很是討厭。

「別這麼說，我好歹也是一名探員，守口如瓶是基本的職業道德呀，還請伯爵大人多多海涵。」

向隆有點無奈地苦笑。

「總而言之，你們情報局認為能從西里斯口中得到什麼重要線索對吧？姑且不論你們了解到什麼程度，但這事肯定和亞綸有關，否則你也不會透過黑格爾向我傳話，更不會親自臥底在亞綸身邊。」

法蒂娜其實也知道，想從調查局的人口中套出答案，肯定不是普通的難。因此她直言說出自己的猜測，打算藉由對方的反應來獲取線索。

「不愧是伯爵大人，這陣子和妳接觸下來，充分感受到妳的聰明才智和行動力。若是哪天妳覺得當貴族無聊透頂，要不來我們機構上班？」

「哼，我忙得很，才沒那種閒工夫。所以，我說得沒錯吧？」

「這可不好說呢……」向隆的目光飄向另一方，明顯迴避著問題。

「算了，我知道你那張嘴就是很硬，這樣吧，我也不想管你們到底在追查什麼。聽你方才的話，感覺是我還不知道的事情。我就這麼擺明地說好了——」

法蒂娜一口氣將杯中所剩的拿鐵喝完，稍稍用力地放下咖啡杯後，對著向隆道。

「我在意的，我要的真相，始終只有我姐姐的死與亞綸是否有關係。」

向隆沒有回應，只是靜靜地看著她，似乎在思考著什麼。

「我們就各取所需，只要能拿到亞綸跟我姐姐之死有關的證據，我就放棄臥底，並且再也不干涉你們的事。至於西里斯，你們想怎麼樣就怎麼樣，我只要他給我一個答案。」

「嗯，聽起來挺好的，但這對我來說有何好處？」

向隆一手托著下巴，一副「讓我考慮看看」的表情。

不過，法蒂娜也不是毫無察覺，她早已聽出對方的言下之意，她直接挑明詢問，「你想要什麼？」

「呵，還真是開門見山。」向隆笑了一下。

「我跟你之間沒什麼好廢話的，所以你就直說，我也好辦。只要你能讓我跟西里斯再見上一次面，讓我從他嘴裡得到想要的情報，條件隨你開。」

法蒂娜不想跟向隆講太多，也不想太頻繁接觸這個難以捉摸的男人，如果能用錢還是其他東西打發他並拿到自己要的東西，她會很乾脆地去做。

「這麼爽快？就不怕我亂開條件？」向隆的眉毛一挑。

「我既然都敢開口了，就不怕。說吧，要多少錢？還是？」

「伯爵大人，實在很抱歉。雖然我貪財，但還沒打算因此被查到一筆不明金流，讓我在局裡黑掉呢。」

「那你到底要什麼？」

法蒂娜聽到向隆這麼說時，暗暗在心底「嘖」了一聲。能夠用錢解決的事，對法蒂娜來說都是簡單的，然而這個向隆不要錢，那他從自己身上圖的是……

法蒂娜有種不好的預感。

「哎呀，瞧伯爵大人的臉立刻垮了下來……看來已經知道我想要什麼了嗎？就這麼嫌棄我嗎？」

向隆又說：「我在局裡，好歹也是數一數二有異性緣的人物，伯爵大人比起我，更喜歡那位隨從嗎？」

「少囉唆，誰跟你提這個了，你這傢伙會不會太過自信了？所以呢？你想要我怎麼做？」

法蒂娜冷冷地回應。早猜到向隆的意圖是自己，當向隆這麼說時，她一點也不意外。

好吧，既然是要她的人，也不是不可以。

反正她一直以來也是用美色當作手段，只是要不要讓這傢伙得逞，又是另一回事了。不，應該說她不可能讓這傢伙真的對自己做到最後那一步。

「怎麼做……伯爵大人說得可真是露骨啊。」

向隆又是笑了笑，嘴角彎起一抹頗富意味的弧度，「要讓伯爵大人跟西里斯見面會談，不是沒有辦法，雖然有點麻煩但以我的權限還是做得到。只不過，就要看伯爵大人的誠意了……」

向隆稍稍往前傾，一手放在桌面上，托著自己的臉頰，壓低嗓音笑笑地說：

「嗯，讓我想想，是要這樣呢，還是那樣的呢……實在越想越令人血脈賁張呢。」

「說穿了不就是想跟我上床？」

法蒂娜直接沒好氣翻了白眼，毫不修飾地說出這句話。

「上……咳咳！」

「幹嘛啦？一副嚇到的樣子是怎樣？」看到向隆被自己口水嗆到的驚嚇模樣，法蒂娜意外地皺起眉頭。

她不過是說出對方的心聲罷了，有必要這麼驚訝嗎？

還是這傢伙真的虛偽到這種程度啊？

法蒂娜心懷各種疑惑，不過她大概沒有想到，下一秒向隆的回答竟更出乎她的意料。

「這、這種話怎麼可以從一位名門閨秀口中如此赤裸地說出……！直接跳到這一步是絕對不行的！我無法接受——」

「啊？」以為自己聽錯了，法蒂娜一愣。這傢伙是在跟她開玩笑嗎？

「聽著，伯爵大人！」突然間，法蒂娜的雙手被向隆緊緊抓住。

對方用十分認真的表情嚴肅地說：「那種事，一定要兩人結了婚以後才行！」

「啥？」法蒂娜完全傻了眼。

這傢伙——是有雙重人格嗎？

怎麼突然沒頭沒腦蹦出這樣的話？

「雖然我多少察覺到了，伯爵大人妳似乎以自身美色誘惑的手段自豪，但、但是啊——在結婚之前，在找到真心相愛的對象之前，妳一定要守住最後的防線！千萬，以後千萬別再把上床什麼的隨便說出口好嗎？答應我！」

「我說……你是不是太認真了啊？」

法蒂娜真是萬萬沒想到，這個平時看起來有點輕浮的男人，居然會在此時說出這種話。本來還一度懷疑這是不是表演給她看的，但是瞧向隆這般認真過頭的反應，法蒂娜最後得出了一個結論。

「你……是純情處男嗎？」

「唔……！」向隆先是一愣，露出語塞的表情，臉色一瞬間鐵青。

見狀法蒂娜先是傻眼，漸漸轉換成嘴角帶笑的神情。

「啊哈，原來是這麼一回事啊……沒想到一副花花公子樣的向隆先生，異性緣旺盛、人氣極高的調查局王子，居然是個純情處男呢。」

向隆立刻抽回手，板起臉來、一手握拳抵在下巴，刻意地清了清喉嚨。

「總、總之，那種話還是請伯爵大人別再說了，而且那也不是我要的。」

「哈，那你想要什麼？誰叫你平常完全不是這個樣，我以為你跟亞綸都是差不多的好色之徒啊。」

法蒂娜笑了一聲。目前為止的發展雖然出乎意料，不過反倒有些有趣，至少她對向隆這個人好像沒那麼討厭了。

純情的傢伙，就是會讓她很想玩弄一下。

「伯爵大人真是誤會了，我跟亞綸王子明明相差甚遠……好吧，既然妳都這麼問了，我就開出我的條件。」

這一刻起，向隆似乎又回到平時的狀態。

「說吧，我洗耳恭聽。」法蒂娜雙膝交疊，嫣然笑著回應。

「那就是……」

「就是？」

「就是……我先前不是跟妳說過了嗎？就是那個……」

「就是哪個啊？」看向隆吞吞吐吐起來，法蒂娜有點不耐煩了。講過那麼多次話，她哪可能每一句都記得啊。

「之前，是用打賭的方式……這次，既然伯爵大人有求於我，那就直接兌現這件事吧。」

「所以我說到底是什麼事啊？」法蒂娜真的很想把向隆抓起來痛扁，直接逼出答案。

「就是——請跟我約會一天，伯爵大人。」

The Villain Earl's Discipline Diary

第二章

法蒂娜從沒想過自己會答應做這種蠢事。

這種行程，壓根從來沒有出現在她腦海裡過，彷彿遙遠得像來自另一顆星球。

沒錯，法蒂娜所說的正是「約會」這種行為。

「真是太蠢了……」法蒂娜眼神發直，目光投向他處，無奈地低聲碎念。

「嗯？妳剛剛有說什麼嗎？我親愛的法蒂娜？」

好像隱約聽到方才那句話，亞克——或者該說是向隆，笑咪咪地問。

「不重要。倒是你剛剛稱呼我什麼？會不會太噁心了點？」

法蒂娜皺起眉頭，目光凶狠地瞪向身邊的向隆。

「怎麼會呢？這樣稱呼不是很剛好嗎？親愛的法蒂娜，我們可是在『約會』中啊，甜蜜一點不是正常的？」

向隆依然一臉笑咪咪，說得理直氣壯。

「誰准你又提那幾個噁心的字了？還有就算真是這樣，我有允許你如此稱呼我嗎？」

要不是為了得到和西里斯見面的機會，法蒂娜真想一拳往向隆的俊臉揍下去。

今天對法蒂娜來說，簡直就是一場災難。

為了和向隆交換條件，法蒂娜答應對方開的要求，也就是和向隆「約會」一天。

為了能夠盡快完成，法蒂娜和向隆早早就跟克里多管家告假，挑了亞綸王子剛好要晉見母后、不需要家教的日子出來「約會」。

雖然西里斯被帶走、亞克的真實身分曝光，但目前不影響向隆跟法蒂娜在王室的家庭教師工作。兩人沒有針對此事討論過，卻不約而同地維持現狀，繼續扮演亞綸王子的家庭教師，臥底在王宮之中。

就算不明說，法蒂娜也猜得出來，向隆持續臥底在亞綸身邊只說明一件事——

向隆還需要更多相關證據，而且可能得靠持續在亞綸身邊臥底來獲取。

至於法蒂娜，她之所以還扮演著「克莉絲汀」這個角色，也是為了要釐清亞綸和姐姐法芙娜之間的關聯。

法蒂娜一點也不喜歡待在亞綸的身邊，更不想和向隆約會，但她還是得咬著牙不甘願地這麼做。

不過至少在王宮擔任家庭教師的時候，法蒂娜的情緒不會像此時這麼……激動。

「甜蜜個頭！誰要跟你甜蜜了啊！」

她轉頭怒斥，只見向隆毫無懼色，還是老樣子維持著燦爛的笑臉。

法蒂娜真是搞不懂了，向隆某方面來說是個純情處男吧？為何平時還能表現出一副欠扁的花花公子、調情高手……這種形象？

「別這麼說，我知道親愛的法蒂娜妳這是在害羞。嗯嗯，我完全可以理解。」

「理解你個頭啦！」看到向隆一臉肯定地連續點頭，法蒂娜額前的青筋都快從皮膚底層爆裂而出了。

縱使想揍扁這傢伙，法蒂娜還是得硬著頭皮咬牙忍耐。她心想，只要忍過這一天，就可以拿到跟西里斯見面的門票……

一想到這，法蒂娜總算能稍微冷靜下來，只能祈禱向隆不要一直挑戰她的理智極限。

話說回來，今天的「約會」內容也是由向隆制定。

當向隆提出約會的地點跟行程後，她實在是不知該如何吐槽起……

「哇，媽媽我要去玩旋轉木馬！」

「跑快一點！下一班雲霄飛車就要開了！」

「寶貝，待會要不要去玩海盜船？」

……沒錯，向隆選定的約會場所，就是再老套不過的遊樂園！

放眼望去，到處是或興奮或開心的男女老少，當然也少不了甜甜蜜蜜、散發熱戀氣息的情侶們，四周盡是歡騰熱鬧的聲音，以及遊樂器材傳出的活潑音樂。

不知是不是剛好碰上節慶主題期間，遊樂園的布景還特別粉紅，粉到冒泡，滿滿愛情洋溢而出的氛圍。

這讓法蒂娜渾身不自在又反胃。

如果真的是和心上人一起來就算了……偏偏她旁邊是向隆，還是被迫交換條件來交差了事的情況。

「先別說那些了，親愛的法蒂娜，妳想從哪一座遊樂設施玩起？今天就讓我們像甜蜜初戀的情侶一樣度過吧。」

向隆轉過身來，一手拿著遊樂園簡章，一邊笑笑地說。

「啥？我可沒答應你還要扮演什麼甜蜜初戀的情侶啊？如果要加這種條件的話，我也要增加條件。」

法蒂娜沒好氣地反駁，她可沒聽說這件事啊。

「哎呀，親愛的法蒂娜就別這麼斤斤計較了，不然我們先從最不刺激的玩起？走吧，先去搭旋轉木馬。」

向隆完全忽視法蒂娜的不甘願，不等她反應便乾脆地拉起她的手，快步往不遠處的旋轉木馬前進。

「快、快放手啊！誰准你這樣拉著我走的！」

顯然法蒂娜有些措手不及，一時之間也只能被向隆拉著往前走。

她突然覺得，這個向隆搞不好是目前為止遇過最棘手的傢伙……

法蒂娜一臉心不甘情不願地被帶到旋轉木馬入口處。所有人臉上都掛著笑容，唯獨她板著一張臭臉進入設施，嚇壞了本來面帶微笑的工作人員。

工作人員僵硬地撐著笑容，恭送法蒂娜和向隆乘上旋轉木馬，最後心有餘悸地轉身啟動開關。

為了要跟向隆保持距離，法蒂娜選了一隻特別高大的黑色駿馬，跳上去後就自顧自地坐在上頭，不理睬他。

向隆只得苦笑著挑了另一隻白色飛馬，這是和法蒂娜距離最近的一隻。他坐上後就注視著法蒂娜，「親愛的法蒂娜，妳有玩過旋轉木馬嗎？」

「我才沒來過這種鬼地方，噁心死了。」法蒂娜冷哼一聲，斷然回答。

「那還真可惜啊……不對，應該說這可是我難得的機會呢……嗯嗯……」

兩人乘坐旋轉木馬，迎著旋轉過程帶來的涼風。向隆似乎是想到什麼，認真地點了點頭。

「什麼機會，你永遠都沒機會啦……」

法蒂娜低聲嘀咕，也不管對方會不會聽到。不過以她對向隆這個人的觀察，就算聽到大概也不會受傷吧。

這傢伙，某方面來說心理素質強大得很。

「嗯，就這麼決定了，多虧妳以前從來沒有來過這種地方。」

向隆迎著風轉過頭來，陽光恰好斜斜地灑落在他俊俏的臉孔上，將一頭紅髮照得如火光閃耀。

「今天我一定要讓妳感受這種平凡甜蜜的幸福，親愛的法蒂娜。」

「啥?你胡說什麼啊。」法蒂娜皺了皺眉頭，再度沒好氣地反駁。

「經過與妳在王宮共事這段時間的觀察，以及事先對妳的偵查，我想親愛的法蒂娜妳是將自己關在姐姐之死的象牙塔中吧。」

「唔……那又如何?我可不覺得有什麼值得同情或可憐的，要是你敢有絲毫憐憫的眼神，我立刻踹你下馬。」

法蒂娜又投射過去一道銳利凶狠的目光。她已經預想到向隆同情的表情，那是最令她感到作嘔的。

她法蒂娜，向來不需要任何人的憐憫。

「哎呀，又是這麼凶暴的發言……親愛的法蒂娜，妳真是誤會我了。」

向隆搖搖頭，略帶苦笑，「妳姐姐的事情的確讓人很遺憾，但是再怎麼說，妳現在也是人生勝利組。作為尊貴的伯爵，具有美貌跟智慧，更有手段。幾乎擁有一切，文武雙全的妳，有什麼好讓我這小小調查局人員同情的呢？」

「那你想說什麼？」這傢伙說得挺發自真心的模樣，應該確實沒有想可憐她的意思。

「我想說的是……」正當向隆要回答時，旋轉木馬恰好緩緩停下，太過童趣的音樂聲也一同停歇。小朋友陸陸續續衝離設施，最後只剩下一兩組人，包含法蒂娜和向隆。

「我想帶給妳從未體會過的平凡幸福。雖然我也沒有真正和誰交往過，也還不太懂戀愛的滋味……但是，我會努力讓我們得到這份幸福，親愛的法蒂娜。」

他伸出一隻手，示意要扶她下馬。這紳士的舉動，加上不偏不倚正好完美照在身上的陽光，使得向隆此刻看起來宛如白馬王子，風度翩翩又迷人。

就算是法蒂娜也在一瞬間失了神，有些愣愣地看著面前這名紅髮男人。

縱使不是真正的王子，不，比起某個真正的王子，向隆更具備一國皇子該有的氣質與風範……至少在這一刻是如此。

法蒂娜下意識地將手伸了出去，在她還沒反應過來時，指尖已經搭上對方的掌心。

「請下馬吧，我親愛的法蒂娜。」

向隆溫柔地微微一笑，令法蒂娜一時之間有些失神。但她很快就搖搖頭，讓自己清醒過來，同時抽回手、自己俐落地跳下木馬。

「我才不會上你的當。」法蒂娜冷哼一聲，轉頭就走，留下在原地苦笑嘆氣的向隆。

之後向隆帶著法蒂娜穿梭於人海中，遊玩一個又一個的設施。

「親愛的法蒂娜，來玩海盜船吧？」

向隆笑笑地提議，原本是期待能看到她驚嚇過度因而尖叫的畫面。沒想到法蒂娜挑了最後一排位置坐上後，從頭到尾都雙手抱胸板著臉。

……反倒是坐在旁邊的向隆一直放聲大叫。

「親愛的法蒂娜，剛剛的海盜船一點都不可怕，嗯，不可怕，我們再來玩火山歷險吧？」向隆一邊偷偷地拍著自己胸口，一邊端出有點僵硬的笑臉再次提議。

「火山歷險？那是什麼？搭船看火山爆發嗎？」

「哈哈，法蒂娜真可愛。雖然是要搭船，但不是那麼一回事。走吧，我帶妳去見識見識。」

向隆笑了一笑，又拉著法蒂娜前進。她直接甩掉對方的手，依然板著一張臉。到了寫著「火山歷險」的醒目招牌前，法蒂娜看見一群人開始穿戴輕便雨衣，她一時之間只覺得困惑，但沒有多問。

很快地，她和向隆便坐上了其中一艘伐木舟造型的小船，當啟動的聲音響起，小船就順著軌道往前推進。

法蒂娜有點納悶，為何小船行駛的路線越爬越高，中途只有一些奇奇怪怪的造景，很是無聊。

設施內好像想營造出荒野原始又漆黑的感覺，但法蒂娜實在無法理解。直到小船爬到最高處時，前面的乘客傳來緊張的騷動。

在法蒂娜反應過來前，小船驟然彷彿自由落體般往下墜！

當下幾乎所有人都在放聲尖叫，同時更有一道閃光瞬間劃過，這種騰空的感覺稍縱即逝，緊接而來是撞擊到水道上的衝擊。

「嘩！」

水花四濺，把船上所有人都濺得一身溼，毫無雨衣防護的法蒂娜和向隆自然也躲不過。

法蒂娜看著自己溼淋淋的狀態，有些不悅地皺起眉頭。不過她很快就釋懷了，反正這也沒什麼大不了。

反觀身旁的向隆，不但臉色鐵青刷白，還可以發現他身體隱約顫抖著，加上落湯雞的模樣……法蒂娜不禁懷疑這傢伙真的是探員嗎？

「不、不可怕……火、火山歷險……不、不可怕……一點也不噢……」

向隆目光渙散地喃喃自語。

法蒂娜眼神絕望地看向身邊的男人，一頭紅髮溼漉漉地塌在額頭上，看起來就像垂頭喪氣的公雞雞冠。

實在很難想像，這傢伙是個還算厲害的調查局成員。

法蒂娜更後悔為何不久前，她竟有那麼一瞬間，把這傢伙跟王子風範聯想到一起。

一定是錯覺，肯定是錯覺，嚇不倒她的。

「啊，妳也淋溼了吧？這樣可不行，會感冒的。」

向隆大概從驚嚇中恢復得差不多了，轉身注意到法蒂娜現在的模樣。

「這小意思，又沒什麼，你還淋得比我更溼……」

法蒂娜毫不在意，話還沒說完，肩膀上就多了一份重量。她轉頭一看，是向隆脫下了外套，披在了她身上。

「這樣多少有一點保暖效果吧，別著涼了，親愛的法蒂娜。」

「向隆……」

看著法蒂娜若有所思地凝視著自己，向隆微微一笑，「嗯？怎麼了？該不會是被我感動得說不出話了吧？」

如果真能這樣就好了，不枉費他認真惡補《初次約會教戰手冊》……還熬夜通宵讀完呢。

看到法蒂娜如此含情脈脈地望著自己，他忽然覺得人生充滿了希望。

如何？高高在上的冰山美人，蘭提斯大陸上遠近馳名的高嶺之花，也終於被他攻略下了。

正當向隆腦海裡各種得意時，眼前這位高嶺之花面無表情地開口：「你是笨蛋嗎？誰會拿已經溼透的外套披在別人身上說能保暖？」

說完，法蒂娜直接把外套脫下，丟回對方身上。

宛若晴天霹靂——

向隆一臉茫然地接住自己的外套。整晚徹夜通宵讀《初次約會教戰手冊》看來是完全浪費時間、浪費生命的決定。

「這邊的洗手間應該有吹風機吧？去把衣服跟頭髮吹乾還比較實際……嗯？」

法蒂娜話說到一半忽然停下。正走向出口的他們，來到了販售紀念商品與照片的櫃檯。

「來喔來喔，來看看唷，來看看在火山歷險拍攝的精彩照片喔！喜歡只要一百五十元就可以帶走紀念囉！」

櫃檯前的服務人員對著路過的群眾吆喝，她的聲音引起了法蒂娜的注意。向隆察覺到法蒂娜有興趣，趕緊跑到櫃檯前。

「親愛的法蒂娜，我們就把這次的合照買回去做紀念吧？這可是我和妳珍貴的初次合影呢，一定要好好收藏留念。」

「我說過別一直用那噁心的稱呼方式叫我，你是沒聽懂嗎……」

法蒂娜冷冷地瞪了向隆一眼。不過她確實有些好奇，便走到櫃檯前想看看那張照片。

「妳看，這張就是我們的……」

當向隆看到照片的時候，臉色一陣難堪。反觀法蒂娜，當場笑噴出來。

「噗，你那是什麼樣子？真蠢——這張照片我要了，有這個就算是掌握你的把柄了。」

法蒂娜笑得頗開心，立刻掏出錢來買了這張照片。映入她眼簾的畫面是——整張臉皺得像梅子乾一樣放聲尖叫的向隆，以及雙手抱胸非常鎮定冷靜的自己。

「妳就某方面來說可真是像惡魔啊……」

向隆無奈地連連嘆了幾聲氣，不過隨即一個轉念，想想這樣似乎也挺好的。一來沒想到可以讓法蒂娜笑得如此開心，這還是約會了半天以來第一次見到她笑。二來，這也算是兩人之間的一種小小進展吧？

嗯，一定是這樣的，向隆不斷在心裡這般洗腦自己。

看到法蒂娜笑了起來，儘管是出自於自己的糗狀，向隆的心還是因此感到溫暖一些。

人心真的很不可思議，不過是一抹笑，就能讓心境有不同的變化。

「走吧，你還不離開嗎？」法蒂娜收好照片後，轉身問一直盯著自己的向隆。

「啊，好喔，那我看看下一個行程要去玩什麼設施……」

「先別看導覽圖了，你我現在一身溼得先搞定吧？剛剛過來的路上我有看到更衣沐浴間，那邊應該有吹風機可以吹乾衣服跟頭髮。」

法蒂娜指著另一個方向，對著向隆這麼說。

「這倒也是。我自己就算了，要是讓親愛的法蒂娜感冒的話，我可是會心疼的。」

「這種噁心的話就別說了吧，你這個處男。」

「咳、咳咳，什麼處男不處男的……這種話可不能從一名未出閣的小姐口中隨意說出來啊。」

向隆一聽法蒂娜這麼說，耳朵又立刻紅了起來。這種莫名其妙的純情反應，還真讓她不解。

有時候講話明明就很油腔滑調，舉手投足一副風流倜儻的情場高手模樣，但每當說到敏感的話題或關鍵字時，又是面紅耳赤的反應。

雖然好像滿有趣的，但法蒂娜才不會跟向隆透露這點，以免對方又自豪起來。

兩人來到附近的更衣沐浴間。入口分成兩個，一邊是女性更衣間，另一邊則是男性更衣間。

向隆指著男性更衣間的方向，對著法蒂娜說：「我先進去囉，待會就在這邊會合？」

「嗯……」

「怎麼了嗎？」看到法蒂娜一臉若有所思，向隆好奇地問。

「我突然覺得有點興致。」

「什麼？」

向隆一愣，這天外飛來的一筆是怎麼回事？就算是他這種調查局的老手，一時間也難以分析這個情報。

「跟我來。」

法蒂娜話音一落，突然一把抓住向隆的手，往男女更衣間中間的親子更衣間衝去，並且迅速地關門、上鎖。

「妳到底想做什麼？」不僅狀況外，也反應不過來的向隆錯愕地問。

「節省時間。」

「節、節省時間？」向隆還是一頭霧水啊！

法蒂娜冷冷地皺了皺眉頭，「少囉唆，你到底是不是男人啊？這麼囉哩囉唆的。」

被這麼一說，向隆更加不知該如何是好。明明心裡有一堆問題，卻又不想再被法蒂娜嫌棄，只能睜著雙眼愣愣地看著她。

「我問你，你真的只是單純想跟我『約會』而已嗎？」

法蒂娜向前接近向隆，神情嚴肅。

「不、不然呢？況且我們不就正在享受『約會』嗎？」

被突然這麼沒來由地一問，向隆回起話來都有點結巴了。

「不是吧？你其實是打算『約會』到最後——就是要以上床作結吧？」

「什麼？我並沒有這樣的意思……！」

向隆的臉色瞬間刷白，驚駭地睜大雙眼。同時法蒂娜更加靠近，與其說是靠近，更準確的說法其實是在逼近對方。

「你別裝了，向隆，我這一路以來看過很多男人，接近我的大都是這種意圖。

我自己也很清楚，我就是刻意散發這種暗示。你看，那個亞綸不就是這樣才非要我成為他的家庭教師？」

雖是主動塑造出以床笫交流作為手段的形象，但實際上……她從未真正淪陷過，始終保有最後的底線。

不過，想必這個向隆也是這般看待她的吧？

表面上裝成不經世事的處男……實際上也是對她有這種幻想？

倘若真是如此，那就完全沒必要這樣浪費時間——沒必要繼續純愛地約會下去，她可是還有很多事要做呢。

「亞綸王子確實是那樣沒錯，但我……」

向隆搖搖頭，話還未說完，只見法蒂娜突然將一隻手抵在牆上，以壁咚姿勢擋在他的身前。

「如果最終是要那樣的話，不如現在就開始，省得浪費彼此的時間。」

她壓低嗓音，低沉的嗓音多了一分性感的誘惑。

「親愛的法蒂娜，妳誤會我了……」

「真的是誤會嗎?那麼，你為什麼不能好好直視著我呢?」

法蒂娜一邊說，一邊雙眼直勾勾地盯著向隆的雙眸。在她溼透的白色襯衫底下，內衣若隱若現，長髮也溼漉漉地掛著剔透水珠，散在肩前。

正如法蒂娜所言，向隆的目光從她逼近後就一直在閃避。

「那是因為非禮勿視……！」

「哈，非禮勿視?向隆，你還要裝純情到何時?我可是很想瞧一瞧你的極限。我啊，不會輕易相信調查局分子的話。」

法蒂娜的嘴角微微上揚，勾勒出一抹挑逗和危險並陳的笑。為了試探向隆，她使出了更為刺激的手段。

她將自己襯衫的第一顆鈕釦解開，再緩緩解開第二顆，露出藏在衣料底下的深深溝壑。

效果似乎很明顯，她當下就聽到向隆吞嚥口水的聲音。

「怎麼，明明看得很起勁，卻不敢行動嗎?」

法蒂娜嘴角的笑越加妖豔誘惑。她摸上向隆的手，將手指輕壓在他的手腕內側，笑道：「脈搏跳得很快啊，再怎麼裝模作樣，身體是騙不了人的。」

「妳……妳為何要這麼做……」彷彿是好不容易才擠出這句話，向隆眉頭蹙緊地問。

「我就說了，節省時間。在這邊處理處理，然後就結束什麼無聊的約會行程吧。」

法蒂娜又補上一句，「反正，這一步不就是你想要的？」

一時間，被這麼問的當事者沉默以對。這讓法蒂娜更加確信自己的猜測，她伸出另一手，撫上向隆的臉，覆在對方耳旁吹吐熱氣，低聲說：「如果你想要，我可以現在成全你……」

即使隔著胸膛和肋骨，法蒂娜似乎也能聽到來自向隆胸口的強烈心跳聲，至少，對方激烈的脈搏跳動騙不了人。

然而，就在以為向隆總算要對自己出手之際——

「妳真是夠了，法蒂娜！」

下一秒，法蒂娜完全沒反應過來，就這麼被用力推開了。她愣在原地，雙眼瞬得又圓又大地看著一臉怒意的向隆。

她完全不明白為何向隆會如此生氣，她不就是順應了對方所需而已嗎？

雖然本來是設想，倘若向隆真對自己出手的話，她就當場來個過肩摔外加狠踢下體，痛斥對方別想做白日夢。這一切都是要警告他而設下的陷阱。

只是沒想到，向隆給了個出乎意料的反應，原本預想好的計畫落空，讓她短時間內有些措手不及。

「我從來都沒有那樣想過！好吧，就算曾經有可能那樣想過，但我一直以來堅守著那種事只能新婚之夜再做！」

「啊？」看著氣呼呼的向隆，法蒂娜又愣了一下。

這傢伙……真的是純情處男喔？

而且還是觀念很保守的那一種耶？

跟他花心風流的外表簡直截然不同啊……

「別再試圖誘惑我，我很正人君子的！」向隆憤怒地說。

他轉過身，將架子上的吹風機用力遞給法蒂娜，「快拿去吹乾頭髮跟身體！」

才剛說完，向隆又馬上補上一句，「還有快把釦子扣好，會感冒的！」

莫名變得強勢萬分的向隆，以及他方才一連串意料之外的發言，讓法蒂娜難得地好說話，愣愣地接下遞過來的吹風機。

「在妳吹好之前，我是不會轉過身去的！」

向隆背過身，雙手抱胸，說得非常堅定強硬。

法蒂娜眨了眨眼，不知道該做何反應，只能默默地拿起吹風機，開始用熱風吹乾自己的頭髮和身體。

吹風機的轟轟作響充斥整個更衣間，填補了兩人無話可談的尷尬。

也確實如向隆所說，在吹風機停止之前，他都是背對著法蒂娜的狀態，就好像一尊雕像般佇立不動。

看著向隆的背影，法蒂娜又忍不住嘴角上揚。這次並非是想要誘惑對方的笑，而是發自內心萌生一種「這傢伙原來有點可愛嘛」的念頭。

「吹好了嗎？」

聽到吹風機聲消失、更衣間再度回歸安靜，向隆出聲詢問。不過他依然沒有轉過身來，明顯在等著法蒂娜的指示。

法蒂娜聳了聳肩，語帶揶揄地回答：「吹好了，你這純情處男可以轉過來了。」

「就說別總是把那種話掛在嘴邊啊……」

向隆又是無奈地嘆一口氣，緩緩轉身，見法蒂娜已經吹乾頭髮，服裝儀容也恢復原本的模樣，將吹風機遞還給他。

法蒂娜皺了皺眉，「拿去，聽說笨蛋不會感冒，但又總覺得你沒那麼笨，不然怎麼能在調查局工作。」

「那還真是抱歉喔……我就是智商高，但情商……不對，是情場經驗零……」

向隆也難得露出死魚眼的表情，因為法蒂娜無非是一直戳他的痛處啊。

在他二十五年的人生中，向來什麼都不缺，就是缺了和異性來往的經驗……

「我實在不懂，你也算人模人樣，怎麼會到現在都沒有感情經驗？虧你還長得一臉花心風流鬼的樣子。」

「一臉花心風流鬼這句話我就當作讚美好了……雖然聽起來格外諷刺啊，哈哈哈……」

向隆又說：「大概是挑剔吧……這是目前我唯一能想到的原因。我喜歡難以親近的冰山美人，而妳就這麼剛好是我中意的類型。和妳一起共事的這段時光特別有挑戰性，也特別有挫敗感，這是以往遇過的女性所沒有的魅力。」

「這麼聽來，你就是個被虐狂吧？原來跟亞綸一樣……」

「嗯？親愛的法蒂娜妳剛剛說什麼？」

「沒事，快把頭髮跟身子都吹乾吧，我先出去了。」

「等等，妳該不會想這樣趁機跑掉吧？」眼看法蒂娜就要推開更衣間的門離開，向隆趕緊詢問。

「放心吧，當作誤會你的補償，我今天會好好跟你『約會』。再說了，落跑這種事一點也不像我的行事風格。」

法蒂娜語氣平淡地回答後，便推開門踏出更衣間，消失在向隆的視野中。

在門外獨自一人靜候的法蒂娜，抬起頭來望向湛藍無垠的天空。

「『約會』啊……沒想到，這種如此無聊樸實的東西，我也會有需要完成它的一天……」

她再次低下頭來，看著自己攤開的手掌。

「我也能，擁有平凡嗎？法芙娜姐姐……」

The Villain Earl's
Discipline Diary

第三章

「瞧您春風滿面的，看來『約會』似乎很開心啊，法蒂娜大人。」

黑格爾雙眸半掩，優雅地坐在椅子上，喝著熱騰騰的花茶。他展現出一副在品嘗茶香的模樣，但他的話聽在法蒂娜耳中，卻有著花茶香也遮掩不住的濃濃醋勁。

「春風滿面個頭，你的眼睛是瞎了嗎？怎麼看的？真是愚蠢。」她沒好氣地回應。

由於他倆仍維持臥底在亞綸身邊的狀態，要會面只能偷偷摸摸地找間旅館套房，才能避開耳目好好談論計畫。

剛剛跟櫃檯小姐拿房卡時，對方還用曖昧的眼神打量著法蒂娜……這讓她有些不悅，但也沒多說什麼，拿了房卡就走。

反正，一男一女一前一後進入旅館小套房，要怎麼不引起誤會跟遐想呢。

「哎呀，法蒂娜大人真是好大的火氣，難道『約會』不順利嗎？要不，屬下替您泡杯花草茶，讓您安定心神。」

黑格爾睜開雙眼，笑笑地看向正在房門口脫下大衣的自家主人。

「你少故意一直強調約會的事刺激我就好，黑格爾。」

法蒂娜冷冷地白了對方一眼，直接走到套房內唯一的小沙發上，整個人慵懶地半躺下來。

「我會節制的，畢竟和法蒂娜大人約會可是我的夢想……沒想到居然被一個程咬金半途殺出搶走。」

黑格爾一邊說話，一邊泡著要給法蒂娜的花草茶。他的表情依然維持優雅，但都快把手上的茶包掐得不成形了。

「那才不是真正的約會，無聊透頂。你又不是不知道我那麼做全都是為了得到西里斯的口供。」

法蒂娜知道自家屬下正在鬧彆扭——是吃醋了，肯定是。

她這輩子還沒親身體驗過什麼叫「吃醋」，但大概就是那麼一回事吧？

「我當然明白，只是腦子裡就是會不由自主，無法控制地，不斷浮現各種法蒂娜大人和亞克……不，向隆在遊樂園裡的夢幻畫面……」

黑格爾的表情逐漸陰冷、充滿恨意，不過他很快就將這份陰沉從臉上掃除，轉而問道：「不說這些了。法蒂娜大人，您有順利得到見西里斯一面的許可嗎？」

「如果沒拿到許可的話，我不就浪費生命陪那傢伙一整天了嗎？放心吧，拿到了，明天上午就去見西里斯。」

「辛苦法蒂娜大人了。那麼，假設真能從西里斯那得到您要的情報，我們日後還要繼續臥底下去嗎？」

「那也要看到時能從西里斯口中得到什麼，再做決定。」

「確實，是屬下太早過問了，還請您原諒我的愚昧。」

「吶，黑格爾。」

「嗯？怎麼了，法蒂娜大人？」突然聽到對方直接叫了自己的名字，黑格爾有些意外也有些好奇。

「這次約會……我是說，這次模擬約會，我有一個心得。」

法蒂娜整個人乾脆直接躺在沙發上，修長的雙腿擺在沙發邊緣，雙眼直直地看著天花板。

人。

「什麼心得？該不會，法蒂娜大人您真的對向隆動心了……？」

本來要再啜飲一口的茶杯就這樣懸在半空中，黑格爾睜大雙眼看著自家主

「怎麼可能，你想到哪去了？我的眼光可沒那麼差。」

法蒂娜馬上搖頭，斷然否定了黑格爾的說法。

「呼……那麼，是什麼樣的心得呢？屬下願意洗耳恭聽。」

聽到法蒂娜這麼說後，黑格爾終於鬆了一口氣。他可是差點嚇壞了，他怎能容許半路殺出的程咬金不僅奪走法蒂娜大人的初次約會，還奪走她的芳心呢？

如果真是如此，他黑格爾就算是冒著風險，也絕對要把向隆那傢伙滅口！

黑格爾的內心如此激盪地想著，臉上卻比無風湖面還要平靜。

「實際上……這個心得跟你有點關係……不，應該說很有關吧……」

法蒂娜繼續望著天花板，若有所思。

「跟我有關？」黑格爾頗為意外，眨了眨眼。

「在這次約會……我是說為了交易的約會過程中，向隆跟我說了一段話，我

覺得挺有意思的，不知為何一直想著那段話。」

「向隆跟法蒂娜大人您說了什麼？該不會是屬下的壞話吧？很好，我決定今晚就去將他滅口……」

黑格爾已經露出一副磨刀霍霍向豬羊的神情。

「你這病態又想到哪去了……才不是那樣。」

法蒂娜沒好氣地又翻了個白眼。不過這確實就是黑格爾的性格，沒這種反應還真不像他了。

「那向隆究竟跟您說了什麼呢？為何又會跟我有關係？」黑格爾暫且收起殺意，認真地向法蒂娜問道。

「向隆跟我說，這段期間跟我接觸下來，他希望這次的約會可以讓我感受到……普通人的平凡幸福。」

「平凡的幸福……」當聽到這裡，黑格爾眼簾低垂，語氣也跟著消沉下來。

他大概知道向隆想說什麼了……向隆一定也看得出來，法蒂娜大人一直追著凶手的背影，從沒有開心地過上這個年紀的女孩子該有的生活，更沒有經歷過青春生活的酸甜苦辣。

向隆這傢伙……好吧，他黑格爾算是稍稍改觀了，這個人並不像想像中那樣討人厭。

「別誤會了，我可沒從這次什麼約會中產生那種感覺。我只是後來想想，他說得確實也沒錯，我從來不把普通的生活看在眼裡。」

「法蒂娜大人……您自從下定決心要替法芙娜大人報仇後，的確就走上和常人不同的道路。這一路以來的艱辛與付出，屬下都看在眼裡……」

黑格爾有點感慨，不禁回想起這一路和法蒂娜走來的種種，彷彿歷歷在目。

對於法蒂娜大人的犧牲與付出，他始終覺得很不捨，但是能替法蒂娜大人做的又不多……

「不，我從不覺得有什麼特別辛苦的。這些都是我為了達到目的不擇手段的行動，也是我自己心甘情願，所以沒什麼好抱怨的。」

法蒂娜又搖了搖頭，如此回應黑格爾。

「我想說的是，透過這次約會，我開始意識到……如果姐姐沒有遇到那樣的事……不，應該說，我想像了一下，倘若真的讓我查出凶手、真相水落石出，終於報了仇之後呢？」

「咦？」沒想到自家主人會設想著這一天，他有些意外地看著法蒂娜。

「不是不無可能吧？直覺告訴我，這件事快要有個結果了，因此我才會想到這一方面。」

「確實如此，若依照目前的情況來看，或許很快就能從西里斯口中得到真正凶手的情報了……」

其實若是可以，黑格爾當然希望能夠早點結束這條復仇之路，讓法蒂娜大人回歸日常。

只是他又想到，不曉得到時法蒂娜大人要如何復仇？遇上真凶時，她打算怎麼對付？

會不會，根本已經沒有回去的路了？

「所以我做了一個想像，如果能夠過上平凡普通的日子……在那樣的情況下，會是什麼樣的畫面。」

法蒂娜雙手交叉枕在後腦勺之下，繼續望著天花板，不過視線卻沒有真正聚焦在此，而是遙放到另一個世界，沉浸在自己想像的空間內。

「我想到的……是和你，黑格爾，一起在我們的莊園裡，喝著由你親手泡的咖啡，感受著徐徐吹來的涼風，和煦的太陽光落在臉上，悠哉休閒的午後。」

「法蒂娜大人……」

聽到這未來想像的畫面中有著自己，只有自己伴隨著心愛的法蒂娜大人，黑格爾的心頭湧上一陣溫暖。

這是否代表她允許他有這樣的想法呢？

是不是在法蒂娜大人未來的人生中，只有他黑格爾可以留在她身邊呢？

是不是，能夠這麼認為……對法蒂娜大人而言，他是不可或缺且無法割捨的唯一存在？

「就像您剛才說的，我隨時都可以為您服務啊，法蒂娜大人。」

「我知道，但心境上有著本質的不同。如果你覺得這太普通的話，我也是有想到另一種畫面啦。」

「另一種畫面？」黑格爾好奇地挑了挑眉頭，揚高語氣詢問。

被這麼一問，法蒂娜忽然變得支支吾吾起來，有些尷尬地說：「唔，就是……那個什麼……遊樂園的……如果換成是跟你的話……」

「碰咚！」

法蒂娜還沒講完，忽然就聽見後方傳來碰撞，跟疑似有東西掉落的聲音。

「怎麼了啊？」

她趕緊從沙發上坐起身、轉頭看向後方，映入眼簾的畫面，正是一屁股狼狽地跌坐在地上的黑格爾。

「痛痛痛……」

只見黑格爾皺著眉頭，有些苦不堪言地碎念著，同時試著從地板上爬起身。

「噗，你是怎麼回事？反應有需要這麼大嗎？」

看到這樣的黑格爾，法蒂娜忍不住笑出聲。

「當、當然很震驚啊……我這輩子沒想過居然會從法蒂娜大人口中聽到這種話……」黑格爾緩緩爬起身，好似心有餘悸般一手撫著胸口，微喘著氣回應。

真是對心臟很不好啊！

除了因為來得太突然之外——他也開心到快死掉了！

那個法蒂娜大人，他心心念念、思思慕慕，願意將一切都為其奉獻的法蒂娜大人，竟然當著他的面說出那種簡直要命、根本可以直接上天堂的話！

對黑格爾來說，那就是最強效的春藥！

冷靜，冷靜，黑格爾你必須冷靜！

「這種話，不過就是假設而已，有必要這麼驚訝嗎？黑格爾，你還真是一樣愛大驚小怪。」

法蒂娜靠了過去，稍稍彎下腰來，看著終於坐回椅子上的黑格爾，嘴角微微上揚。

「那當然不一樣啊，就算只是假設，哪怕是不會實現的假設，對屬下而言、對屬下而言……那依舊是彷彿人生將大有不同的命運轉捩點啊，法蒂娜大人。」

黑格爾看著法蒂娜湊近的臉，本來好不容易撫平一點的心跳，又開始不受控制地加速。

「還命運轉捩點呢……你看你，就是這麼誇張。我不過只是說說而已，就算只是說說你也可以開心成這樣？」

「就算只是說說，但我了解法蒂娜大人的個性，若沒有這種可能性，您是不會說出口的，就連一個字都不會。所以，我真的很高興，像是……多年的單戀終於出現一線曙光啊……」

黑格爾一臉陶醉，淡淡的緋紅染上兩頰，雙眸漾著水潤的波光。看似凝望著法蒂娜，實則已經沉浸在自己幻想的綺麗世界之中，他就是這樣一個對法蒂娜極端病態痴戀的男人。

「看你這麼開心，那我就再給你一個做夢的機會好了。」

法蒂娜伸出食指，輕輕地觸碰黑格爾的鼻尖，「如果，我是說如果喔……」

她直直注視著青年，黑格爾也從幻想中回過神，同樣專注地凝望著法蒂娜，更屏住呼吸、緊張又期待著對方接下來要說的話。

「如果，幫姐姐完成復仇、真相大白的那天真的到來……作為你辛苦陪伴我這麼多年的獎勵，那就許你一個……可以跟我去遊樂園約會一天的機會。」

當法蒂娜這麼說時，她的臉上出現了黑格爾許久未見，過分溫柔而美麗的神情。

黑格爾看得入迷，忘了呼吸，甚至連心臟都幾乎忘了跳動。全部的空氣、時間、生命，就連自我，都猶如被此時此刻的法蒂娜全數凍結封印。

只為了，要讓這一刻永存。

看著說不出半句話來，只能痴痴望著自己的黑格爾，法蒂娜收回手，直起腰來笑道：「你是要還是不要？若不回答我就當作沒說過囉。」

法蒂娜轉過身，打算故作沒事地離去，沒想到她才一動，右手就被黑格爾拉住。

「當然要，我聽得很清楚，法蒂娜大人。」

黑格爾緊緊地抓住法蒂娜的手，好像怕她一轉眼就消失不見似的，看上去有些緊張。

「什麼嘛，原來你聽得很清楚，我還想說有點後悔，打算想收回前言呢。」

「法蒂娜大人還是如此壞心眼啊……但這次可不行。」

黑格爾一邊說，一邊往前站了一步，幾乎快要撞上對方。

「嗯？我說你幹嘛突然靠這麼近？」

法蒂娜的手仍被黑格爾抓牢，同時又見對方突然靠近自己，一時間有點納悶。

「我需要收取訂金——關於這個約定的訂金，法蒂娜大人。」黑格爾壓低嗓音如此說道。

「什麼訂金？你會不會太貪心了，只是給你一個機會而已……！」

法蒂娜皺著眉頭、一臉嫌惡地看著黑格爾，想不到話還沒說完，對方就一個箭步上前，嘴唇毫無預警地覆上她的唇。

驚訝與措手不及的情緒大過於理智，她反射性地想推開，黑格爾卻更加強勢抓住她的另一手。

「唔唔……！」

緊貼的雙唇之間，洩出了甜膩中帶點慌亂的聲音。法蒂娜一時間無法思考，只能感受到對方侵略的氣息。

黑格爾靈巧的舌尖撬開法蒂娜的雙唇，輕輕地擦過她雪白的皓齒。

貝齒之間也同樣被滑膩的舌尖探入，潮溼又火熱，深深地索求法蒂娜口中的甜蜜。

不夠、還不夠，黑格爾將法蒂娜緊緊擁在懷裡，像是永遠都不想放手。

「黑……黑格爾……唔嗯……」

法蒂娜想叫對方停下，但黑格爾扣住自己的力道是如此強勢，她只能一腳踢向他。

得寸進尺——

這變態真是太得寸進尺了——

她不能再退讓下去。只不過是讓他嘗到一點甜頭就變這樣，真是危險的男人。就某方面來說，自己真是養虎為患吧？

然而，又是為什麼……

自己卻沒有辦法真的徹底狠下心來推開黑格爾？

如果真有心反擊的話，這點襲擊對她來說根本算不上什麼。

如此纏綿難解的局面持續良久，黑格爾才終於鬆手，往後稍稍拉開距離，暫且宣告這一回合結束。

「呼……呼呼……」

兩人喘著熱氣，唇與唇之間拉出了一條晶瑩銀絲，為方才的激情做見證。直到法蒂娜伸出舌頭，舔了一下自己的唇，才切斷這情色的痕跡。

「你……你這算什麼啊……我有允許你這樣偷襲嗎……」

法蒂娜故作氣憤地用手背擦了擦嘴，皺起眉頭瞪著滿面潮紅的黑格爾。

實際上，法蒂娜也是偷偷用手來遮掩臉色。她看不到自己的臉，但從兩頰發燙的程度來判斷，應當也是緋紅一片吧。

「法蒂娜大人……這並不是偷襲……我是有理由的。」

黑格爾搖搖頭，他的心還沒平靜下來，仍微喘著氣，僅有兩頰的泛紅稍稍退了一點而已。

「什麼理由，說來聽聽。」法蒂娜反問。

黑格爾正色地看著她，「我不是說過了嗎……這是訂金。您答應要給我獎勵，這是事先承諾的訂金。」

「我說你，還真是敢啊。偷襲就偷襲，居然還說得如此冠冕堂皇……」

法蒂娜也放下原本用來遮掩的手，她現在覺得臉頰沒那麼熱了。

「感謝法蒂娜大人的承諾，我確實收到訂金了，那麼黑格爾在此再次向您宣示，雖然先前就說過了。」

黑格爾維持正經的態度，臉上已經看不到先前性感與曖昧的氣息，取而代之是嚴謹剛正的模樣。

他將一手覆在胸前，九十度鞠躬，對著自家主人說道：「我黑格爾——必定會協助法蒂娜大人完成復仇大業、替法芙娜大人洗刷冤情，並且終生追隨法蒂娜大人。」

面對黑格爾的誓言，法蒂娜微微一笑，伸出手來，輕輕地拍了一下對方的右肩。

「雖然我也說過了，但既然你都這麼誠懇地再說一次，我就不厭其煩地回覆。」

法蒂娜就像是中古世紀的女王，以授予騎士封號的堂堂姿態開口：「我就接受你的誓言，我也相信你會一直伴隨著我，黑格爾。」

隔日一大清早，法蒂娜就收到來自亞克——也就是向隆的通知。

「我收到向隆的通知了，快收拾好！現在得馬上前往指定地點與西里斯見面！」

「早已收拾完畢，正在幫您叫車了，法蒂娜大人。」黑格爾一邊聽著手機語音一邊回應。

昨晚他和自家主人，同時也是他最深愛的人，一同在這屋簷下過了一夜。不過，就和在福斯特莊園時一樣，儘管身處同個空間，仍是什麼也沒發生。

說是什麼也沒發生，似乎也不完全是這麼回事。

至少對黑格爾來說，昨天的那個吻，以及在那吻後的氣氛，始終都籠罩在一種以往所沒有的曖昧空氣中。

他相信自己和法蒂娜大人之間，已經更跨近一步。

即使過了一夜，那份甜蜜的滋味始終縈繞在他的心頭。儘管現在得繃緊神經好好應對接下來的工作，他還是難以隱藏那份喜悅，只要一想起那個吻，就會不自主地嘴角微微上揚。只是就怕被最愛的法蒂娜大人發現、遭到她取笑，因此黑格爾總是在對上視線時，趕緊把笑容收起來。

這種彷彿情竇初開小伙子的模樣，大概是黑格爾自己也從沒想像過的。

「你還在那邊發什麼呆，車應該到了吧？快走吧！和西里斯會面的時間有限，我們絕對不能遲到，明白嗎？」

法蒂娜蹙了一下眉頭，先行往房門外走。

「請等我一下啊，法蒂娜大人……！」

眼看法蒂娜前腳已經踏出門，黑格爾趕緊匆匆忙忙地追上去。

唉，真不知道是誰說過的，人一旦陷入戀愛，似乎就會變笨變遲鈍啊……

他跟著法蒂娜坐上車，司機朝法蒂娜指示的地址急駛而去。

由於臨時叫來的計程車並不豪華，車內空間沒有平常法蒂娜乘坐的轎車那樣寬敞，更別提內裝能有多氣派舒適。

不過這對黑格爾來說，儼然是個難得的機會。

車廂空間有限，法蒂娜必須和他肩並肩而坐。由於黑格爾的身形較為高大挺拔，更因此縮小了和法蒂娜之間的距離。

不到緊緊相依的程度，但黑格爾和法蒂娜之間只剩下一顆拳頭的寬度。

看著這微妙的距離，又看見法蒂娜放在膝上的手，黑格爾心中竟有個大膽的想法。

換作以往的他絕對不敢這麼做，但經歷了昨晚的事件，親耳聽見法蒂娜大人對自己那樣說，更有那作為訂金的一吻後……黑格爾感覺就像被充飽氣的球體，胸中充滿了滿滿的勇氣與衝勁。

他慢慢移動自己的左手，一點一點地，偷偷地拉近和法蒂娜的距離。

黑格爾屏住呼吸，雙眼完全聚焦在法蒂娜的手上，他反射性地嚥下口水，不由得有些緊張。

只差一點點，就快到了，就快可以觸碰到法蒂娜大人的手……

忽然，法蒂娜鼻腔一癢，將手迅雷不及掩耳地抽走。

「哈啾——」

法蒂娜遮住自己的口鼻，打了一個算是極力壓抑音量的噴嚏。將手移開後，她對著黑格爾說：「給我張溼紙巾。」

「啊？好、好的，法蒂娜大人。」

被噴嚏打斷計畫的黑格爾從錯愕中回過神來，趕緊遞上溼紙巾。

「司機，這車上有小垃圾桶嗎？」

法蒂娜迅速地擦過手後，向前方的司機問道。司機只是沉默地點了點頭，伸出一手接過法蒂娜包好的溼紙巾，往駕駛座旁的小垃圾桶一扔。

「今天天氣真是讓人過敏發作……」

法蒂娜看向窗外喃喃自語，又把手平放回膝上。

黑格爾哀怨地握緊自己的另一手。剛剛就只差一點點了，差一點就可以碰到法蒂娜大人的手……

雖然遺憾，但黑格爾並不氣餒，他這個人向來最大的優點就是堅持不懈，不然怎麼可能長久以來對法蒂娜大人如此病態痴狂。

壓抑住內心的小劇場後，黑格爾決定再度挑戰。他再次將目光鎖定法蒂娜放在膝上的手，重新試著慢慢靠近。

咕嚕一聲嚥下口水，他慢慢伸出手，一點一點地二度接近。

即便只是這短短的幾秒，黑格爾也不斷祈禱，這次能順利摸到法蒂娜大人的玉手，別再發生任何突發事件了。

終於，好不容易，這回黑格爾總算輕輕碰觸到法蒂娜的尾指。

他抬起頭來偷偷觀察。唔，似乎沒什麼反應，大概是沒注意到吧？

也是，這點小小的碰觸，對法蒂娜大人來說壓根不算什麼。

黑格爾深吸一口氣，既然法蒂娜大人沒反應，代表還可以繼續下去對吧？他也不甘心就只碰到這一點點手指啊！

連接吻那樣更大膽的事，他都敢偷襲法蒂娜大人了！

鐵了心後，他便一不做二不休將手抬了起來，直接覆在法蒂娜的手背上。

這下，看著車窗外景色的當事人終於有感了。她回過頭往下一看，映入眼簾的正是黑格爾的手輕覆在自己手背上的畫面。

緊張——黑格爾在這一刻格外的緊張。

會不會下一秒，法蒂娜大人就把手抽走？甚至直接不留情地拍掉他的手、冷冷奚落或責罵自己？

啊啊，神啊，黑格爾拜託您，再多給幾秒鐘的時間吧，讓他再多摸幾秒法蒂娜大人的手啊。

黑格爾不斷在內心如此祈求著，他多麼希望這一刻能夠長存，就算是如此緊繃的情況也沒關係。

被摸著手的法蒂娜只是嘴角往上一勾，將手抽了起來。

這下黑格爾真是無比的沮喪。

果然，法蒂娜大人還是把手抽走了……但這已經算客氣了，沒有像他想像的那樣，拍掉他的手又嘲諷或責罵自己……

就在黑格爾這麼想時，忽然感覺自己放在膝上的手多了一點重量。轉頭一看，只見法蒂娜反而將自己的手搭在他的手上頭，他不禁一愣，睜大雙眼看向自家主人。

法蒂娜沒有開口，只是對著黑格爾一笑，隨後便抓緊了他的手。

「法、法蒂娜大人……？」

黑格爾難以置信，眨了眨眼，愣愣地望著對方。

「笨蛋，既然要做就好好握緊對方的手，像這樣，明白嗎？」

當法蒂娜這麼說時，她的臉上依然綻放著微笑。那抹笑宛如冬日暖陽，幾乎要把黑格爾徹底融化，溫暖著他的心房。

簡直就像做夢一樣。黑格爾覺得自己彷彿要飛上天了。

輕飄飄、軟綿綿，胸口塞滿了熱呼呼的感覺，和當初收取「訂金」的那個吻不太一樣。

那個吻，是轟轟烈烈激情滿滿，帶著想要犯罪的衝動和欲望。然而，此刻只是被法蒂娜握緊了手，卻有一種簡直要上天堂的快樂與幸福感。

啊，法蒂娜大人終於願意回應自己的感情了，陪伴在法蒂娜大人身邊這麼多年，總算有了回報。

好希望法蒂娜大人拋下復仇，忘卻那些過去的痛苦跟黑暗，和他自此一起過上幸福的人生。

可是想歸想，黑格爾也明白，正是因為他了解法蒂娜，才更清楚這樣的想法是無稽之談。

不過，至少現在他感到很幸福。能夠得到法蒂娜大人的回應，他就算是赴死也願意。

在這趟說長不長、說短不短的路途中，這對主從就默默地握緊彼此的手，直到車子引擎停下的那一刻。

「到了。走吧，黑格爾！跟我一起去面對真相。」

法蒂娜說完，自己率先打開車門，拉著黑格爾的手下了車。一踏上地面，她周身的氛圍全都改變了，不再是車上那小小空間裡甜蜜又溫馨的氣氛，所有神經都緊繃了起來。

他們即將要與名為西里斯的記者見面，這人據說是掌握著當年法芙娜事件線索的關鍵人物。

如果順利的話，今天就能知道真相。這點無論對法蒂娜或黑格爾來說，都是十分重要的，尤其是對法蒂娜而言。

她一路走來就是為了找出凶手、查明真相，因此才會列出「清單」，並且不擇手段接近清單上的人。

現在清單上只剩最後一個嫌疑人，那就是亞綸王子。

但到目前為止，法蒂娜還未真正掌握到確切的答案。而且在這段臥底期間，她和黑格爾都認為以亞綸王子的行為舉止來看，實在很難跟當年法芙娜的命案連接到一處。

黑格爾看向前方那棟不起眼的民宅，轉頭問身旁的自家主人。

「做好準備了嗎，法蒂娜大人？」

雖然這裡似乎是非常普通的地方，但情報局指定的地點，在保密性上應當不會太差才對。或許正是這棟民宅看起來十分普通，才更適合這樁會晤。

「早就做好準備了，應該說我早就迫不急待了。走，別浪費時間了。」

法蒂娜話才說完，就先行跨出一大步，快步朝前方的民宅門口而去。

「遵命，法蒂娜大人。」

黑格爾隨即跟上她的步伐，兩人開啟民宅大門走了進去。

這對主從一前一後進入，很快就看到熟悉的臉孔出現在面前。

「你們來了啊，克莉絲汀跟……喔，在這邊應該無需再用假名了。」

有著一頭醒目紅髮、模樣英俊挺拔，一點也不輸電影裡的情報探員形象的男人——向隆向這對主僕打了招呼。

「向隆，人呢？」法蒂娜開門見山地問道，一旁的黑格爾則沉默地盯守著向隆。

「還是這麼直接啊，不愧是伯爵大人。」向隆搖了搖頭，略帶苦笑，「妳想見的人就在裡面的房間。放心吧，我是個遵守承諾的人，跟我來。」

法蒂娜沒有多做回應，只是跟上向隆的腳步，讓對方帶領自己往前方的小房間而去。

向隆推開了門扉，在門後等待法蒂娜跟黑格爾的，正是他們此番特地前來的目標，西里斯。

西里斯一見到法蒂娜，馬上雙眼睜大喊道：「伯爵大人？伯爵大人您是要帶我離開這裡的嗎？您是要實現當初的諾言了對嗎？」

西里斯比上次看到時更瘦削，臉色也十分蒼白。法蒂娜一度懷疑調查局的人抓走他後是不是嚴刑逼供，或者待遇極差，才會讓西里斯露出如此驚惶求助的表情。

察覺到法蒂娜看著自己的眼神，一旁的向隆聳了聳肩說道：「別那樣看我，我可沒對他做什麼過分的事。是他把自己嚇得跟什麼一樣，飯菜都吃不下，才會變成那樣子。」

「我可是什麼都沒說，向隆。」

「是，是我多嘴。好了，時間有限，我是偷偷把這傢伙帶出來的，就給你們二十分鐘的交談時間。二十分鐘一到，我可是要準時把他帶離的。可別造成我的困擾喔，伯爵大人。」

向隆對著法蒂娜這麼說完後，就轉身踏出房門，在外等候。

一看向隆離開，雙手和雙腳都上了鐵鍊、坐在鐵椅子上的西里斯，趕忙向法蒂娜詢問：「吶，伯爵大人，您今天可以帶我走對吧？」

「西里斯，你得先回答我的問題才行。上次見面我可是什麼都沒問到。」

「怎麼會……上次不是已經給過暗示了嗎……」

西里斯整個人都頹喪下來，像一顆洩了氣的皮球。

「什麼暗示？我可沒注意到。」

法蒂娜皺了一下眉頭，她還真想不起對方所言為何，但她很清楚時間寶貴，於是馬上又問：「西里斯，我調查過了，你是當初拍攝下我姐姐，也就是法芙娜和亞綸王子在同一臺車上，並且寫成新聞報導的那位記者。同時你的名字也出現在亞綸王子密藏的紙條之中。

「所以，你一定知道些什麼，並且被下了封口令對吧？」

「唔……」西里斯的表情越顯凝重。

「我只問你一件事，我姐姐法芙娜的死，是否跟亞綸王子有關？或者，我挑明直接問——法芙娜姐姐是不是被亞綸所殺害，並且偽裝成自殺？」

在分秒必爭的情況下，法蒂娜必須直接切入正題，這也是她一直在等待與挖掘的線索。

靜靜站在她背後的黑格爾，不自覺地嚥了口水，跟著緊張起來。原因不外乎這道問題攸關著法蒂娜大人長久的心結，以及未來人生的轉捩點。

倘若西里斯當真給了法蒂娜大人一個明確肯定的答案……那麼對上強國的王子，絕對是件不妙的事。

黑格爾幾乎可以斷定，如果凶手真是亞綸王子，以法蒂娜大人的性格，就算沒有要對方償命也會讓對方半死不活。

試想看看，把一國的王子，而且還是當今蘭提斯大陸最強國家的王儲弄得半死，可是會掀起軒然大波的啊！

……光是想像，他就覺得渾身發寒。

主僕兩人全神貫注地等待西里斯的回答，他卻露出有些意外的表情，反問法蒂娜：「妳怎麼會這樣想呢？那個亞綸王子，頂多是個紈褲子弟而已，那種在溫室長大的傢伙，怎麼可能會做出這種事？」

「你……你知道自己在說什麼嗎？」

法蒂娜顯然非常錯愕且吃驚，一旁的黑格爾亦是如此。

「這不是顯而易見的事嗎？伯爵大人不會連這都看不出來吧？」

西里斯看上去反而更加驚訝。

法蒂娜跟黑格爾看著彼此，即便沒有言語，各種情緒跟想法都已透過眼神完整傳遞。

最後，法蒂娜深吸一口氣，再次向西里斯確認。

「西里斯，你的意思是，亞綸王子真的不是殺害我姐姐的凶手？」

「伯爵大人，妳再這麼問，我就真要懷疑妳是不是真的福斯特伯爵了。像亞綸王子那般軟弱的人怎麼可能下得了那種手。」

西里斯回答得斬釘截鐵，毫不遲疑。這下法蒂娜和黑格爾終於真的相信，他們一直在懷疑的亞綸王子不是凶手。

「但就算如此，亞綸那傢伙還是跟姐姐的死脫離不了關係吧？」

法蒂娜有些激動地反問，有種胸口彷彿被挖下一大塊肉的失落感。這下「清單」上的最後一個嫌疑人也落空了。

她開始懷疑自己是不是做錯了？一直朝著錯誤的方向努力，最後全都是白忙一場？

不，她法蒂娜絕對不能接受這種結果！

「這我就不清楚了。但是，真要這麼懷疑的話，或許……嗯……」

西里斯一手拄著自己的下巴，若有所思。法蒂娜看到他這副模樣，瞬間又燃起希望，趕緊追問：「你知道什麼的話就快說！」

法蒂娜是如此心急如焚，就連在一旁看著的黑格爾也跟著再次緊張起來，然而西里斯卻反問她：「我這麼做究竟有何好處？我先前那麼相信妳，甚至給過妳提示。妳沒有領會出來就算了，我還被關在這邊、雙手雙腳都上了鐵鍊。伯爵大人啊，妳也得拿出點誠意吧？」

西里斯雙手一攤，刻意展示手上鎯鐺作響的鐵鍊，語氣無奈卻又帶點威脅。

「你這傢伙居然敢威脅我……」法蒂娜皺起眉頭，不悅的神色寫滿整張臉。

「法蒂娜大人，您先聽我一言。」眼看自家主人殺氣騰騰的模樣，黑格爾湊到她耳邊，低聲說道。

「有什麼話快說，時間很寶貴！」

法蒂娜沒好氣地站起身，跟著黑格爾走到接近入口的地方。

「法蒂娜大人，就算您真能逼供出答案好了，我看這西里斯對您已經很有成見，肯定無法輕易攻下心防。就像您說的，時間很寶貴，不如直接去問向隆，西里斯到底為何被他們囚禁？

「一來也許可以打聽到什麼，二來若那是您可以動用權力處理的事，或許就能承諾讓西里斯得到釋放，那麼他也會願意在這分秒必爭的時限內給您情報了。」

聽到黑格爾這麼分析，法蒂娜終於冷靜下來。她思考了一會，想想黑格爾說得也沒錯，便點頭同意。

法蒂娜轉過身，對著西里斯扔下一句：「你等我一分鐘，我給你答案。」也沒等對方回應，就開門去找在外頭等候的向隆。

「嗯？這麼快就出來了？我還以為你們要更多時間呢。」向隆看到法蒂娜走出來，有些意外地稍稍睜大眼睛。

「還沒，我只是有事情要問你。」

「哦？什麼事情重要到妳願意浪費寶貴的會面時間？」向隆眉頭一挑，頗為訝異。

「廢話不多說。你們爲何要囚禁西里斯？」

「哈，我以為妳不會過問呢，沒想到妳還是注意到了。」

「別浪費時間，快告訴我。」法蒂娜蹙起眉頭，沒好氣地催道。

「好好好，就跟妳說也無妨。記者西里斯犯下了偽造罪，加上他有可以追查到某個重要人物的線索，不過那傢伙到現在仍嘴硬不說，我們也只好繼續請他留宿在局裡了。」

「偽造罪只是個名目吧？重點是那個重要人物的線索，我說得沒錯對吧？」

「不愧是伯爵大人，確實如此。」向隆聳聳肩後，又點了點頭。

「因為這個重要人物比你們更讓他害怕，所以西里斯才到現在都不願吐實對吧？」法蒂娜又追問下去，試圖打探出更多的線索。

「可以這麼說吧，畢竟就連我們調查局想動那個人，也得掌握到十分確切的證據才有機會扳倒他。」向隆把話說得更明白些。

這段話讓法蒂娜嗅到了點不對勁，正想多問一些，向隆就搶在她前頭說道：

「倒是妳，還有時間在這邊閒聊嗎？我是很樂意能跟親愛的法蒂娜促膝長談啦。」

「免了，但我確實從你這邊得到了一些情報，我這就再進去找西里斯。」

法蒂娜冷冷地白了對方一眼，直接掉頭轉身再次進入西里斯待著的房間。

「只剩下五分鐘了哦，親愛的法蒂娜。」

「你再用那種稱呼叫我一次，我會讓你連五分鐘都存活不了。」

「哇，好凶好凶，不過這就是妳獨有的魅力呢。希望妳能問到想要的答案，祝好運，伯爵大人。」

知道法蒂娜不是單純在撂狠話，向隆訕訕地笑了笑，看著她關起門來。

「出去這麼久，是終於得到可以釋放我的答案了嗎？」一見到法蒂娜走進來，西里斯馬上急著問。

「西里斯，你想被釋放對嗎？」

「這不是當然的嗎？」西里斯納悶又錯愕地回應。在旁看著法蒂娜的黑格爾，也同樣露出困惑的表情。

「之所以無法被釋放的原因，我相信你自己很清楚，就是不願透露某個重要人士的情資。你被那個人封口了對吧？」

「若我真說出來，讓調查局有所行動的話，就算我被當場釋放，也一定會被那個人殺掉……實在太可怕了，我才不幹！」

西里斯猛搖著頭，隨後又說：「所以妳是希望我鬆口說出那個人的事，好讓調查局釋放我，再得到妳想要的答案嗎？我是不可能說的！」

「我本來就沒有要你說的意思，但是就問你一句，這個人——是不是和亞綸王子關係緊密？」

在旁的黑格爾倒抽一口氣。至於西里斯本人則沉下臉來，似乎有所猶豫、緊咬著嘴唇不發一語。

「哼，你不用說，我已經知道答案了。你的表情真不會掩飾，西里斯。」法蒂娜冷哼一聲，直接轉身打算離開。

黑格爾見自家主人一副要離開的模樣，立刻舉起手來看一下手表。時間明明還剩下最後一分鐘，主人似乎也沒有真的問出個什麼來，卻要走人了？

「等等，就這樣嗎？妳不打算再問我什麼嗎？妳不是想知道……！」

眼看最有可能讓自己釋放的人就要走了，西里斯心急地站起身追問。

「反正再問也不會是我要的答案。你就好好待在局裡吧，西里斯。」

法蒂娜話音一落，便頭也不回地推開門走了出去，徹底斷絕西里斯最後的希望。

離開小房間後，向隆便向法蒂娜問道：「瞧妳的樣子，似乎有所眉目了？」

「算是吧。」法蒂娜淡淡地回應。

向隆頗有興趣地追問：「那這次和西里斯會面得到了什麼？可以讓我聽聽嗎？好歹是我促成了你們的會面，沒有功勞也有苦勞吧。」

「既然你想知道，我透露一點也無妨，畢竟或許之後還要再利用你。」

法蒂娜面對向隆，說得相當直白不委婉。

「哎呀，伯爵大人說話還是這麼直接。好吧，我會把這句話當作我們未來有再『合作』的可能。」向隆的嘴角略帶苦笑，搖搖頭。

「你要這麼解讀也可以。總之，我當前的目標——很可能會跟你們的利害一致。」

「哦？果然也追查到『那個人』身上了嗎？雖然目前還不太能將那個人跟妳

要查的事情聯想到一處……不過既然伯爵大人都這麼說了，或許真有什麼跡象可尋。」

向隆眼神一亮，似乎頗感興趣。

「那麼之後有需要的話，我會再聯絡你。」

法蒂娜冷冷地留下這一句話後，逕自往大門的方向而去，黑格爾則跟在後頭，主僕一同消失在向隆的視線之中。

「呵，這下有趣了。」向隆目送著兩人離去，流露出饒富興味的笑。

「法蒂娜大人，您方才跟向隆說你們的利害一致……這是什麼意思呢？」

在返回旅館的路上，黑格爾忍不住問了自家主人。

「本來和西里斯談過後，我一度覺得失去了所有希望，認為自己一路以來的所作所為都是白費工夫，甚至懷疑列舉的『清單』從一開始方向就是錯誤的。但是……」

她的眼簾低垂，看著自己的雙手，說到這裡時握起了拳頭，「和西里斯與向隆兩方都談過後，我發現了一種可能。」

法蒂娜抬起頭來，眼神中彷彿閃爍著火光，那是重新燃起希望……以及復仇的業火之光。

「您發現了什麼？」黑格爾好奇地問。他感受得到自家主人的鬥志再次燃燒，和剛才與西里斯對話時被打擊的她形成強烈對比。

雖然某方面來說是好事，但黑格爾也清楚，這代表法蒂娜大人的復仇之路將會延續。

一想到這點，黑格爾還是開心不起來。法蒂娜大人有鬥志固然很好，但距離黑格爾期望的結束復仇、平凡之日的到來又更遠了些。

「我發現了新的『清單』人選。不，嚴格來說，正是因為我把亞倫列入『清單』之中，才有機會發現這個新人選。」

法蒂娜轉過頭，嚴肅地注視著黑格爾的雙眸。

「法蒂娜大人，您說的新人選，難道是……」

「你想的，應該和我心中的答案是一樣的。」

法蒂娜點了點頭，即便沒有直接說出那個人的名字，她的語氣仍十分肯定。

「請恕我直言……法蒂娜大人，倘若真是我想的那個人，恐怕不是我們隨隨便便就能接近的人，更別說調查他了。您若把他列入『清單』之中，是要如何著手？」

雖然沒有從法蒂娜口中得到明確的名字，不過既然自家主人都那樣說了，應當和自己所想的一樣。

只是，如果真是那個人——可真是非常棘手啊。

如果真要他選擇，他希望這一次是法蒂娜大人錯了，不然那可是相當麻煩……不，是相當困難。

在黑格爾印象中的那個人，可說是幾乎毫無弱點的人！

「目前還沒想到，畢竟我也是剛剛才把這個人列入『清單』。」

「法蒂娜大人，您不擔心嗎？您要不要再想一想，或許不是這個人？他有何必要這麼做呢？我實在很難將他跟法芙娜大人之死連結到一處——」

「廢話少說，不去試試看怎麼知道？黑格爾，你是第一天跟隨我嗎？這點難度就想打發我，要我放棄替姐姐洗刷冤屈，讓真相大白嗎？」法蒂娜直接狠狠打斷，眼神瞬間騰滿銳利的殺氣。

被如此一瞪，黑格爾也不禁倒抽一口氣，一時間說不出半句話來。

反觀法蒂娜，眼看對方明顯被自己嚇到，她深吸一口氣別過頭去，用稍稍平靜下來的口吻又說道：「……我沒有責怪你的意思，黑格爾。我只是厭惡聽到這種要我放棄的話。姐姐的事，我絕對不可能因為任何難關就放手。」

「我明白的……是我不對，方才沒有替法蒂娜大人設想……」黑格爾又道：「只要是法蒂娜大人出手，就算對手是那個人，也一定可以應付。」

「哼，你的說詞還真是反覆，不過這句話我倒是愛聽許多。以後不許再給我說那種洩氣的話，聽進去了嗎？」

「是，遵命。我一定會把您的話牢記在心，法蒂娜大人。」

若非坐在車上，黑格爾此刻一定會將一手覆在胸前，恭敬地對著自家主人宣示。

「現在讓我好好沉澱一下，得好好想個辦法接近那個人……」

法蒂娜轉過頭去，一手托著臉頰，若有所思地看向車窗外頭。

「這世界上絕無任何人，是完美無缺毫無弱點的……就算是那個人也不例外。」

The Villain Earl's
Discipline Diary

第四章

「早啊，克莉絲汀老師。今天挺用功的嘛，一邊吃早餐還自備一疊報章雜誌來看？」

坐在長型餐桌對側的紅髮男子，一見到法蒂娜走來，便先注意到她夾在腋下的物品。

「這應該不算什麼用功吧？只能算是亡羊補牢。我相信以亞克老師的『用功』程度，這些早就都看過了。」法蒂娜拉開餐桌椅子坐下，淡淡地回應正在用餐的亞克。

「看來我們現在的目標還真是一致啊，或許真有機會需要『合作教學』呢。」亞克刻意地加強語氣。

「若有這個必要的話我不排斥，畢竟亞綸王子的確需要我們『好好教導』……假使我們需要更進一步『加強』的話。」

法蒂娜沒有拒絕，反而難得地應和亞克的話。她閉上雙眼，拿起盛滿拿鐵的馬克杯啜了一口。

「呵，克莉絲汀老師真是親切許多，記得剛入宮時，妳對我總是充滿敵意跟排斥呢。這該怎麼說，日久生情？」

「亞克老師，你的語文造詣還得多多加強才行，居然用日久生情這種詞彙來形容？真是錯得離譜。我可沒跟你生出任何情份，請別誤會了。」法蒂娜推了推偽裝用的眼鏡，冷淡地回應。

似乎無意間聽到這兩人的對話，從旁經過的亞綸王子插嘴問道：「兩位老師，今天還真是難得聊開了？是因為一同放了假回來嗎？」

「亞綸王子早安，今天還真是巧啊，這不是您來用餐的時間吧？我記得您一早就由僕人服侍著用完早膳了。」

一聽到亞綸的聲音，亞克馬上轉頭端出一張笑臉，像是打算轉移話題。

「如果不來看看，我擔心亞克老師會不會把我的克莉絲汀老師搶走了。你們這陣子都『剛好』同一天休假，我實在覺得很奇怪啊。再加上，放假回來之後你們就突然變得很有話聊，這可不像之前的情況。我不是傻子，怎麼能不注意點？你們說是不是啊，兩位老師？」

亞綸靠近餐桌，雙手撐在桌面上，面露不懷好意的賊笑。

「亞綸王子，您真是多心了，我是不可能跟亞克老師有任何曖昧的。」法蒂娜冷淡地說完，又喝一口拿鐵。

「這可不好說喔，克莉絲汀老師。我啊，占有欲可是很強的，哪怕是一點點跡象都嗅得出來，妳不會想惹我生氣的。」

亞綸一邊說一邊更靠近法蒂娜，說完更是帶點挑釁意味地拿起她盤中的一顆餐包，往自己嘴裡一扔。

「在我還沒真正把克莉絲汀老師吃乾抹淨、徹底擁有之前……我都不會容許任何男人親近妳喔，老師。」他咀嚼著口中的餐包，湊到法蒂娜的耳邊，語帶威脅地說道。

「用不著擔心這種事，亞綸王子。」法蒂娜依然面無表情。她一口喝光僅存的拿鐵後起身，「就憑眼前這傢伙，甚至是你，都不會有占有我的一天。」

「哎呀，我可是聽到了哦，克莉絲汀老師還真是好冷漠啊。不過我就是喜歡這麼有挑戰性的老師呢。」

「啊，承認了！但亞克老師，我是絕對不會讓你得逞的！克莉絲汀老師是我的，我找進來的！」

亞綸激動地拍了一下桌子，對著亞克大聲宣告，彷彿可以從他的雙眼中看到熊熊火光。

法蒂娜看著這兩人，眼神呈現死魚般的狀態。她真不想在這種場合多待一秒，直接邁開步伐、明明白白地表示她要先行退席。

「等等！克莉絲汀老師妳別跑！本王子跟亞克老師妳選誰？」眼看法蒂娜就要離開，亞綸趕緊轉頭叫住引發戰爭的罪魁禍首。

「就是啊，克莉絲汀老師，這可是為妳而起的競爭，妳可得好好負責才行。請妳順便跟王子殿下說一聲，要懂得尊師重道啊，克莉絲汀老師當然會選擇我，不會選他這個黃毛小子。」

就連亞克也跟著應和，甚至對著亞綸王子說出充滿挑釁的話。

「竟敢說本王子是黃毛小子？就不怕我把你開除了！」

向來被捧在手掌心、集各種尊寵於一身的王子殿下，這下當然爆發了，憤怒地瞪向亞克。

「真可怕啊，亞綸王子，但就算這麼做，也不一定能將克莉絲汀老師的芳心留在王宮喔？」

「你！」

正當這兩人的針鋒相對到最高點，法蒂娜使用了一招——斷開連結、斷開這波修羅場。

她的方法正是——

「你，過來一下。」法蒂娜的眼尾餘光，剛好瞄到碰巧在附近打掃，偽裝成清潔工的黑格爾。

「嗯？法……克莉絲汀老師找我有事？」

黑格爾有些狀況外地看著法蒂娜，一臉困惑。他第一時間想到的是，他們不是應該少在王宮內互動以免又被說閒話嗎？怎麼法蒂娜大人突然主動叫住自己？

「過來一點。」法蒂娜沒有多作解釋，只是朝黑格爾勾了勾手指。

黑格爾不疑有他，直接走了過去。他一靠近，忽然就被她一把勾住脖子、用力一拉，使得黑格爾後背緊貼在法蒂娜的前胸上。

「你們誰我都不要，我寧可要這個清潔工。」

當法蒂娜這麼一說，另外兩名當事人——亞綸王子和亞克都一臉訝異。

亞克似乎很快就明白了什麼，從詫異轉為苦笑，頗為無奈地聳聳肩。

倒是亞綸王子一副完全無法接受的模樣，直指法蒂娜和黑格爾大喊：「我不能接受！這傢伙不過就是個清潔工，哪比得上本王子？我就知道你們有一腿，之前的傳聞看來是真的！」

「那又如何？真抱歉喔，我就是喜歡這種，高攀不上王子殿下呢。」法蒂娜繼續勾著黑格爾的脖子，板著一張漠然的臉回應道。

「克莉絲汀老師……雖然不知道發生什麼事，但您別再刺激王子殿下了……」

黑格爾有些尷尬地處在修羅場的正中央，雖然他是很高興沒錯，但另一方面又替法蒂娜大人感到擔憂。

他大致明白自己捲入了複雜的三角，不，是四角關係的戰爭中。

「我不管！妳必須是我的，妳必須是我的……克莉絲汀老師！」

無法接受眼下的結果，亞倫的玻璃心碎了一地，開始歇斯底里起來。

「好了好了，王子殿下你也別氣了，以你的身分地位會差一個女人嗎？是說今天的授課時間也到了，走吧，我們兩個失意的人一起去互相安慰一下……」

見亞綸已經瀕臨失控，亞克起身拍拍對方的肩膀，同時稍微使力，打算直接把人架走，結束這場爭風吃醋的鬧劇。

「克莉絲汀老師，我也該回去打掃，不然管家看到又要念我一頓了……」

眼見亞克意圖收拾這個混亂的殘局，黑格爾也難得有志一同，連忙勸說這起事件的罪魁禍首。

「去吧。」

法蒂娜放開手，讓黑格爾恢復自由。隨後她也叼著剩下一半的吐司，當作什麼事也沒發生，拍拍屁股雲淡風輕地離開。

回到自己的房間後，法蒂娜就一直在思索著某件事。

她先確認門外無人偷窺，再回到書桌前拿出一疊資料，其中包含她帶去早餐室、本來準備一邊用餐一邊閱讀的報章雜誌。

攤開這些收集而來的資料，乍看之下各種類型都有，更涵蓋了眼花撩亂的各國語言。

不過，法蒂娜很清楚，她並不是漫無目的地找來這些東西。這疊資料都有一個共通點，都是關於「那個人」的相關情資。

「那個人」不僅僅是她想要調查的對象，同時也是亞克……不，向隆與調查局的目標。

正如同黑格爾之前所說，倘若她真的將這個人設為新嫌疑人，和過去所接觸的「清單」目標相比，恐怕難度絕非同日可語。別說調查局至今都還未掌握到對方的小辮子，就算她想用美色靠近，也絕對行不通。

「到底有什麼辦法可以接近這傢伙……」

法蒂娜一手托著下巴，專注地看著攤在桌上的資料。她就這麼默默地鑽研好一段時間，時光流逝，不知不覺已經到了中午時刻。

就在這時，房外忽然響起了敲門聲。

「是誰？」法蒂娜迅速將資料收起來塞進抽屜。由於太過匆忙，其中一張報紙的一角被夾在抽屜縫中，而她並沒有注意到就前往應門。

「嗨，是我。我搞定那個亞綸王子後就來找妳了，是否感覺到了我的熱情跟誠意呢？克莉絲汀老師。」

一頭紅髮總是特別醒目的亞克，正倚靠在法蒂娜的房門前。

下一秒，法蒂娜二話不說，面無表情地迅速甩門。

「等、等一下啊，克莉絲汀老師妳別這麼無情啦！」

向隆趕緊伸腳卡住，不讓門關上。

「把腳拿開，不然我就夾斷你的腳。」面對向隆的哀求，法蒂娜仍板著一張冷冰冰的臉，不客氣地說道。

「妳是認真的……等等！我、我也是認真的，我是真有事要來找妳！」

看著法蒂娜的表情，向隆明白此人沒在開玩笑，立刻吞了一下口水，但還是不死心地死纏爛打。

「什麼事？不能在門外說完就滾？」

法蒂娜顯然不給面子，但倒是有那麼一點好奇，因此沒有馬上實施夾斷腳計畫。

「我要說的事，恐怕不適合在外面隨便講講吧……我想說的，是有關妳書桌抽屜露出的那一角……」

向隆一邊說，一邊以眼神示意她背後的書桌。法蒂娜皺了一下眉頭，回頭一看，倒抽一口氣。

向隆瞧見她的反應後，笑了笑，「下次要急著收東西的話，記得要收好啊，別像這次露餡了。」

「少囉唆，快滾進來。」

法蒂娜終於打開門，同時探出頭左右查看附近有沒有其他眼線。

「放心吧，我剛剛確認過了，沒有其他人。」

向隆迅速地溜進房內，法蒂娜也隨後將門扉掩上。

「你是為了談『那個人』而來？我沒什麼耐心，若發現你在蒙騙我，我會立刻把你踹出去。」法蒂娜雙手抱胸。

調查局的人哪能盡信，是敵是友都不知道呢。

「別這麼緊張嘛，難得能夠踏進伯爵大人的閨房……說真的，該緊張的人是我……」向隆的話鋒一轉，整個人也看似真的緊張起來。

他看上去很不自在，身體緊繃僵硬，目光像是不知道該放在何處，不斷左右來回看著地板。就連他的聲音，也跟著變得又低又悶。

這一切看在法蒂娜眼中，反倒被搞得一頭霧水。

……這份緊張究竟是演戲還是認真的啊？

「那個，我可以坐下來嗎？就坐在那張椅子上？」

向隆低著頭，指著旁邊一張椅子，態度和踏進房門前簡直判若兩人。

「隨便你。」就來看看這傢伙到底是真的緊張，還是只是發揮情報人員的演戲專長。

「那麼我們還是快來談正事吧，不然我的心臟會負荷太大，得快點離開妳房間才行……」

得到法蒂娜的允諾後，向隆坐了下來。

他深吸一口氣，似乎是稍做情緒上的調整，才再次開口：「妳是不是在想，要如何接近『那個人』？」

果然如他所料，這句話立即得到法蒂娜的注意，以及她投來的鋒利視線。

「我真佩服自己，原來我這麼懂妳呀。」向隆搔了搔臉頰，似乎頗為得意。

「少囉唆，既然知道我在想什麼，現在應該是有什麼高見吧？若沒有，就別廢話，現在就滾出我的房間。」

法蒂娜沒好氣地冷冷吐槽，這向隆是不是有精神分裂？一下油腔滑調像個花花公子，一下又突然變成莫名其妙的純情處男，真是讓人搞不懂。

「別急別急，伯爵大人或許妳看不出來，其實我比妳更緊張……待在妳的閨房裡，讓我胸口緊繃、心跳加快，甚至有點喘不過氣來呢。

「真要說的話，為了身體好，我比妳還想早點離開這裡。雖然另一方面來說，又很想待下去，畢竟機會難得……」

「你到底要不要把話一次說清楚？欠揍是不是？少廢話了，管你是緊張還是假裝，快給我說明來意！」

對於這種雙重人格的表現，法蒂娜真是快忍無可忍了，若不是身在王宮，她大概會直接把這個人打到牆壁上，讓他哀哀叫個幾天！

「咳咳，我這就要說了嘛……」向隆一臉委屈，隨後清了清喉嚨道：「妳若是想接近『那個人』，我倒是有個好方法。」

「哦？是什麼方法？」這下終於挑起法蒂娜的興趣，她早已等得不耐煩了。

「這個方法，也只有妳能夠勝任。」

向隆走向前，輕覆在法蒂娜的耳邊低聲說了幾句。

法蒂娜的瞳孔微微收縮，流露出有些意外的表情。

「如何？這個方法不錯吧？」向隆說完退了一步，對著她微微一笑。

「就這麼簡單？」這是法蒂娜聽完「方法」後，第一個浮現的念頭。

「嗯，說簡單也是挺簡單，說難也是很難，因為只有具備某些條件，再加上我的人脈促合，才能成功。也就是說，能夠靠這個方式接近『那個人』的人選，也非妳不可。

「怎樣，是不是覺得真是難能可貴？可說是天時地利人和，加上妳高貴的伯爵身分才得以進行啊。」

「嗯……時間地點再給我，我會赴約。」法蒂娜雖然不是毫無猶豫，但也在短短幾秒內就做了決定。

「我就知道妳會這麼說。那麼等時間地點確定好了，我會再通知妳。」

向隆滿意地對法蒂娜點了點頭，隨後便轉身準備離開。

「對了，還有一件事。」臨走前像是突然想到什麼，向隆側過身補充道，「當天得攜帶一名男伴。我想異性緣如此好的伯爵大人，應該不乏人選吧。」

說完，他沒有再逗留，打開房門確認四下無人後，便快步離開了。

對法蒂娜來說，男伴的問題一點也不重要，真正重要的是，她必須趁這次機會逮到「那個人」的把柄。

雖說「那個人」的小辮子肯定沒那麼容易被發現，如果真有這麼輕易，向隆早就做到了。

「好吧，既然是只有我能做到的方式，那我法蒂娜豈能讓你們失望——」

她朱紅色的嘴角一揚，眼神燃起了久違的熊熊鬥志。

「黑格爾，起床。」

「嗯……是夢嗎？怎麼會有法蒂娜大人的聲音……」

黑格爾皺了皺眉頭，發出慵懶的低沉呻吟，雙眼仍貪戀睡意，毫無睜開的意思。

「起床，黑格爾，別再睡了。」

「又聽到了……又是法蒂娜大人的聲音。法蒂娜大人怎麼可能會在這時間叫我起床……」

「你到底要我叫幾次啊，黑格爾？不揍你是不會醒嗎？」

黑格爾還是不信，他的雙眼依舊沒有睜開，眼皮厚重地蓋著。

「這夢還真是真實……很有法蒂娜大人的風格呢……動不動就要揍人。但這樣暴力的法蒂娜大人也好可愛……」

「暴力還真是不好意思喔！還有別用可愛這種噁心的詞形容我！」

「嗯……真是有趣的夢。太真實了，說什麼法蒂娜大人都會馬上回應呢……」

黑格爾還是閉著雙眼，倒是嘴角微微笑開。對他來說，自己正沉浸在一場美夢中。

「既然如此，反正是夢，就多對法蒂娜大人做點什麼吧……呵呵……」

「哈啊？你這變態還想對我做什麼……！」

這次法蒂娜還沒把話說完，依舊閉著雙眸的男子就伸出雙手往上方一摸。

「喔喔……太、太真實了……居然還有觸感……這、這是摸到了法蒂娜大人的脖子嗎……」

「黑格爾你快放手喔……！」

「這……柔軟的感覺……是、是法蒂娜大人雪白的長髮嗎？」

黑格爾一邊說著「夢話」，一邊用手指纏繞、玩弄起「夢中法蒂娜大人」的髮絲。

「鬆、鬆手，黑格爾！你的笨手把我扯痛了！」

「啊啊，抱歉抱歉……我怎麼可以弄痛法蒂娜大人？就算是在夢裡，也不該弄疼法蒂娜大人的……！」

黑格爾馬上放開手中的柔軟秀髮。不過他並沒有因此收手，只是將手懸空，彷彿還在策畫著什麼。

「不能弄痛法蒂娜大人……那就……」

因為是做夢的關係，黑格爾完全沒有絲毫躊躇，下一秒立刻轉而環住「夢中法蒂娜大人」的後頸，用力地往下一拉。

「就好好抱著我摯愛的法蒂娜大人，像這樣就不會弄痛法蒂娜大人了吧。」

黑格爾緊緊摟著被他擁入懷中的人，他還是閉著雙眼，享受著這場美夢給他的無比真實美好的感受。

多麼的真切。彷彿可以聞到法蒂娜大人身上熟悉的髮香，可以感受得到法蒂娜大人柔軟的體溫，甚至似乎可以從自己的臉龐上，感受到法蒂娜大人的鼻息，讓他感覺微微搔癢。

不想停下這場美夢，可以將法蒂娜大人牢牢擁進懷裡的機會，在現實中肯定很難吧！

他想就這樣沉醉下去，最好永遠都睜不開雙眼，哪怕就這樣死去也感到無比幸福。

「快給我放手……黑格爾！你抱得太緊，我快無法呼吸了……！」

再次傳來法蒂娜的聲音，這次是聽起來有些窘迫的音色。黑格爾感到納悶，在夢裡哪需要什麼呼吸呢？

他沒有因此放手，只是將手往上移，摸到了對方的後腦勺，輕輕地拍了拍，再溫柔地撫著對方的頭髮，輕聲說道：「這只是夢啊，法蒂娜大人，您不用擔心呼吸的問題哦……」

「誰跟你一樣在做夢啊，再不放手的話我就——」

「怎麼可能不是夢？法蒂娜大人怎麼可能來叫我起床……呵呵，就算是夢中的法蒂娜大人也是如此倔強呢，想騙我還早啊……」

黑格爾笑了笑。他深信這不過是一場難得的美夢，要放棄實在是太難了。

正因如此難得，他還想做更多平常不敢對法蒂娜大人做的事……好比如，像這樣……

黑格爾的手順著對方的肩頸曲線，摸到了下巴。他依然閉著雙眼，以平時絕對做不到的大膽，挑起了夢中之人的下巴。

「我早早就想再對您做出這樣的事了，上次收取的『訂金』根本遠遠不夠——」

話音一落，黑格爾再次封住了夢中之人的唇。

「唔……！」在這吻之下，隱約可以聽見法蒂娜充滿詫異的聲音。

黑格爾才不管，他才不管對方的想法。這只是一場美夢，他可以任性妄為、如此不顧後果，做自己想做的事。

就像這個吻，他還想要更深更深地繼續索取下去。

啊……多麼地柔嫩，就是記憶中向法蒂娜大人收取「訂金」時的觸感。

簡直完美地復刻了當時的感覺。無論是觸感，還是對方唇齒的芬芳，全都一模一樣。

多麼想讓這一刻延續到永恆，黑格爾如此貪婪地祈求著，直接採取了強烈的攻勢。他迅速撬開對方的唇瓣，舌尖侵入對方溼熱的口腔，橫掃貝齒、挑逗舌根，纏綿地索取、同時也繾綣地給予。

只是在夢中的法蒂娜大人似乎有點抗拒，但又有種說不上來的……好像也有些無可奈何只能順從的感覺，抵在他胸膛的手推拒著、卻又緊緊扣住他的領口。

真是奇妙啊，無論如何，這對黑格爾來說，都是宛如上了天堂的滋味，或者該說，此刻他就是身在天堂。

黑格爾在想著，他到底要不要做出更進一步的「執行妄想」？比如進展到生米煮成熟飯的程度？應該沒關係的吧？

反正這只是一場美夢，從美夢變成激情的春夢……好像也沒什麼不可？再如何也是夢，雙眼一睜就什麼都沒了。

他嚥下口水，咕嚕一聲。黑格爾想著，這夢真是太過真實了，連自己吞嚥口水的感覺都如實呈現，這明明在夢裡一點必要也沒有……美夢只需呈現出美好的部分就夠了啊。

正當他的手漸漸往下、靈活地解開對方的第一顆領釦時，突然感覺到一陣強烈的疼痛從自己的下顎傳來！

「痛——！」黑格爾猛然睜開雙眼，他皺著眉，眼尾還擠出了淚水。

「黑格爾，你是活得不耐煩了嗎？誰讓你對我做這些事情了！」

暴怒的聲音，確確實實是法蒂娜的音色。

黑格爾睜大雙眼，愣愣地看著不知何時站在自己床尾的法蒂娜。他感到不知所措，下顎的疼痛持續蔓延中。

「法、法蒂娜大人……？您、您怎麼會在這裡？等、等等，我是不是還在做夢？我記得我夢裡剛剛也有您……」

黑格爾的腦袋一片混亂，他摸著自己的下巴，這份疼痛十分清楚地告訴自己，眼前的一切即是現實。

倘若眼下的一切是現實，那麼剛剛的「美夢」，難道說……！

「難不成……我剛剛的所作所為……感受到、觸摸到的種種都是……！」

說到這裡，黑格爾幾乎不敢再把話說下去，他感覺自己的心臟都快停止了。

「你現在才知道自己做了一堆下流蠢事嗎？黑格爾？」

法蒂娜眉頭深鎖，臉上帶著慍怒，狠狠地瞪著瞬間一臉鐵青的黑格爾。

「啊啊啊！請、請恕罪！不，請饒命！還請法蒂娜大人饒命！我沒想到、我真沒想到真的是您！」

黑格爾立刻跳下床，五體投地跪在法蒂娜跟前，不斷地拚命求饒，聲音顫抖又惶恐。

「哼，都做完了才叫人饒命？這跟殺了人才叫被害者原諒一樣愚蠢。」

法蒂娜雙手抱胸，怒氣似乎還未消散，冷眼俯瞰著跪求自己的黑格爾。

「我、我錯了！我不該請求法蒂娜大人饒命，那麼我現在就去切腹自殺……」

「給我等一下，我有允許你這樣隨便死去嗎？笨蛋！」

眼看黑格爾準備起身，法蒂娜立即打斷對方的行動。

因為她很了解如果不下令，這傢伙肯定會認真執行切腹謝罪。

「那、那麼，我該怎麼做？我該怎麼做才能繼續在您身邊苟延殘喘……法蒂娜大人？」

黑格爾一臉迷茫地抬頭望著自家主人，比起切腹自殺，他更害怕被法蒂娜大人討厭。

沒有什麼——縱使是自己的性命，對黑格爾而言也遠遠沒有法蒂娜大人重要。

「真是無可藥救的笨蛋……你都服侍我多少年了，黑格爾？」

法蒂娜無奈地嘆了口氣，一手撐在自己額前，搖搖頭。

「呃……我算一算……好像真的滿多年了……」

「夠了，即使這麼多年來你還是沒有半點進步，這條愚蠢的神經真該早點掰斷才對。」

見黑格爾認真地數著自己的手指，法蒂娜直接打斷對方，又皺了一下眉頭。

「法蒂娜大人……很抱歉……我除了盡力去達成您的吩咐跟保護您外，其他事真的是沒有太多鑽研……」

「我說你啊，可以別再一副小媳婦的模樣嗎——」法蒂娜彎下腰來，抬起黑格爾的下巴，她口氣嚴肅且認真地說：「你是唯一能夠親我偷摸我，還收取什麼訂金，卻沒真正被我殺死的男人——自信一點好嗎？」

「這、這意思是說……」

「笨——蛋！意思是什麼還要問嗎！」法蒂娜甩開手背過身，雙手抱胸。看似又不悅地皺起眉頭，高傲地抬起下巴，兩頰卻微微泛紅，讓許多偽裝都破了功。

看著這樣的自家主人，本來誠惶誠恐的黑格爾，臉上終於出現一絲莞爾的笑意。

「既然法蒂娜大人都這麼說了，您知道嗎？這等同是解開了長期束縛我的枷鎖喔。」

黑格爾緩緩坐起身，不再以跪拜之姿對著他的主人。

法蒂娜沒有多做回應，僅僅轉過頭看著對方，她大概沒料想到，接下來黑格爾會做出這樣大膽的行為。

「我黑格爾，會更加無可救藥地痴戀於您，並且更沒有包袱地對您展開各種攻勢，除此之外——」

他伸手往前一撈，毫無預警地抱住法蒂娜的小腿，使她踉蹌地向前倒去。

黑格爾完美地起身接住對方，若有旁人看上去，就好似法蒂娜主動撲進黑格爾的懷裡。

兩人再度倒在軟綿潔白的床上，法蒂娜壓著黑格爾，黑格爾則緊緊環住她的纖腰。

「我也會更加頻繁直接，隨時表達我對您的愛意，法蒂娜大人。」

「什……！」法蒂娜被黑格爾突如其來的舉動驚訝得有些亂了陣腳，明明有很多話要說，卻哽在喉頭無法吐出。

她只能僵著身體，直直注視著黑格爾。

映入法蒂娜眼簾的那張俊俏臉龐，對著自己微微一笑。不知怎麼搞的，法蒂娜竟覺得兩頰迅速燥熱起來。

腦袋熱烘烘的，就像當機一樣，該死地無法正常運轉。

法蒂娜討厭這樣的自己，顯得好像無能的弱者一樣，無法自主的感覺既慌亂又不習慣，可是卻無法自制。

她不是那種天真無邪到任何事都不懂的女人，法蒂娜很清楚……這就是，悸動的感覺。

悸動。

心動。

……更準確的說法，就是意亂情迷吧？

沒想到，總是讓男人臣服於石榴裙下的自己，也會有這一天。

而且對象不是那個她一直以為的初戀對象相馬時夜，而是正把自己抱得緊緊牢牢，像是怕一放手她就會消失的黑格爾。

這個陪伴自己多年，總是替自己盡心盡力卻從不求回報的屬下，竟是她此刻怦然心動的人。

時間好似暫時停止了，法蒂娜難得像一頭乖順的綿羊，趴在黑格爾的懷裡。過去不曾仔細注意過，原來黑格爾的胸膛這麼寬廣溫暖。他的外表看起來給人一種纖瘦的印象，實際上卻十分結實。

不知過了多久，法蒂娜的腦袋也清醒了些，不過她卻沒有在恢復理智後馬上起身，而是選擇繼續維持現狀。

黑格爾對此默默地感到開心，他發現法蒂娜大人真的是越來越可愛了。在他面前已經不再那麼遙不可及、像是長滿荊棘的玫瑰花，而是慢慢地褪下武裝，變得有那麼一點……無防備嗎？

倘若讓法蒂娜大人知道他是這麼想的話，肯定不會招來好眼色，所以這些話還是好好藏在心底就好。

他還想多享受一下，享受這難得的相擁時光。

「話說回來，法蒂娜大人您怎麼會來我的房間？」

黑格爾現在才想起意外之源。

「我不是說了好幾次，我是來叫你起床的嗎？」

「這就是讓我覺得奇怪的地方，法蒂娜大人從沒這樣叫我起床過啊……」

雖然很想接下去說「所以不能怪我以為這是夢」，不過他還是打消了念頭。

「怎麼，我不能叫你起床是不是？」法蒂娜稍稍抬起頭來，雙眼微微瞇起，盯著黑格爾質問。

「當然不是，法蒂娜大人屈身來叫我起床，簡直是我莫大的榮幸……」

「這種噁心的廢話就少說了。我就明白地告訴你，我來叫你起床，是為了叫你陪我出門一趟。」

「出門一趟？法蒂娜大人需要我陪您去什麼地方？我該帶上所有的武器嗎？是哪邊的戰場需要廝殺……！」

「你犯蠢啊，你以為我跟你出門都是要去打打殺殺的嗎？」

沒給他說完話的餘地，法蒂娜冷不防地用手指彈了彈對方的下巴，讓痛覺暫停了他的蠢話。

「那麼，您是要我跟您去哪呢？」

「跟我去一趟這附近的購物中心。」

法蒂娜一邊說一邊動了動身子，她終於從黑格爾的身上爬起來，坐到床邊。反倒是黑格爾一臉詫異，馬上一彈坐起身，驚訝地問：「購、購物中心？」

簡直難以置信！他從沒想過會從法蒂娜大人口中聽到這個普通平凡、宛若一般女生才會說出口的單字！

誰來搖醒他？他現在其實還在做夢吧？這個才是夢吧！

「我說你幹嘛用見到鬼的表情看著我啊？你欠揍是不是？」

法蒂娜有些不悅地噘起嘴，拳頭已經蓄勢待發。

「不，不是！我只是沒想到，原來法蒂娜大人也有普通女性的需求，會想到購物中心這種地方採買一番……」

「你到底是對我有多大的成見？把我當成不食人間煙火的怪獸？還是惡魔？」

法蒂娜的不悅指數又升高了。

「絕無此事！我只是非常訝異，跟隨您這麼多年了，這種要求還是第一次聽到……」他趕緊猛搖頭解釋，就怕惹得法蒂娜更生氣。

「什麼第一次聽到？跟你第一次的吻，還有第一次的擁抱，反應就沒這麼大？」法蒂娜故意冷冷地吐槽。

「呃，那、那也是有反應的！只不過不是反應在表情上，而是反應在下面……痛！」

法蒂娜沒給黑格爾說完的機會，已經先一拳下去，用行動直接打斷對方。

「敢在我面前再開一次黃腔試試看，加倍揍你。」

黑格爾摸著被打腫的頭頂，好奇地詢問：「是，遵命……話說回來，您為何要去購物中心呢？」

「你真以為我是想像普通女孩子一樣去購物而已？我會這麼做只為了一件事——接近『清單』目標。」

「接近『清單』目標？這跟去購物中心買東西有何關聯？請恕我駑鈍，我實在聯想不到……」黑格爾更加納悶了。

「你知道我想接近那個人吧？新的『清單』目標人選……也是我最後的嫌疑人。」

「我知道那個人絕非等閒之輩可以隨意接近，不過我還是不清楚這跟購物有何關聯？」

「亞克……不，向隆給了我一個建議。」

「向隆？那個對法蒂娜大人意圖不軌的男人？」

一聽到向隆的名字，黑格爾立刻就像豎起全身毛的貓，警戒起來。

「你是把所有男人都視為對我意圖不軌吧，雖然那傢伙確實是……算了，總之向隆動用調查局的人脈，加上我伯爵的身分，安排了一個只有我能夠執行的行動。」

「什麼行動？法蒂娜大人您就直說，別再賣關子了。啊，向隆沒有額外收取什麼回報吧？法蒂娜大人您千萬不可答應！上次只是遊樂園約會，這次不知道會要求什麼，該不會要進展到肉體回報……！」

黑格爾彷彿搖身一變，像個竭盡所能地想保護自家女兒的老父親，就怕她的貞操會出什麼意外。

「你想再吃我的拳頭嗎，黑格爾？」法蒂娜再次皺起眉頭，舉起握緊的拳頭。

「不敢，請當我沒說。」果然暴力當前，黑格爾馬上就臣服了。

「他沒有要求任何回報，因為我們的目的一致。真要說給什麼回報的話，大概是倘若我成功接近那個人，事後要跟情報局分享情資。」

「呼，那就好。不過確實，像向隆那樣的人不可能隨隨便便就放棄搶功的機會。」

黑格爾鬆了一口氣後，又問：「那麼具體來說要怎麼做？有什麼需要我協助您的地方嗎？」

法蒂娜從衣櫃拿出一件大衣，丟向他。

「穿上外出的衣服。你要做的，就是陪我去挑選一件合適的禮服。」

The Villain Earl's
Discipline Diary

第五章

「真不愧是蘭提斯大陸上最強盛的國家，獅子心共和國隨便一間購物中心都比我國的好吧……」

身穿黑色軍裝大衣的黑格爾，雙手插在口袋中，說話時還會從口中吐出白霧繚繞的水氣。

最近獅子心共和國剛好進入了冬季時節。獅子心共和國在蘭提斯大陸的北方，入冬後該國的氣溫明顯比其他地方還要寒冷。

在這季節，皚雪紛飛是天空的基本裝飾。

「說什麼呢？以後我們國家也會有這麼好的購物中心，據我所知已經在建設中了。」基於不願自己國家矮人一級的自尊心，法蒂娜冷冷地反駁道。

不過坦白來說，眼前這棟豪華的購物中心確實頗負盛名，至少在整個蘭提斯大陸上，大多數人都知道。

實際上法蒂娜也曾動過這樣的念頭……以前她曾想過，倘若有機會來到獅子心共和國，她也想親眼一睹這傳聞中的購物中心。

這棟購物中心占地多寬廣、建築物本身多龐大，已經是他們想像得到的。和他們以往見過的世界各國購物中心的不同之處，在於這裡擁有一座媲美政府的業務處理機構，總裁擁有如同城市市長般的管轄和發言權力。

管轄機構是座佇立在購物中心外環的白色城堡，除了是總裁的辦公處，更是一座私人機場。每天都有許多政商名流及ＶＩＰ搭乘私人專機停泊在此，並在私人保鑣護衛下進入其中。

以法蒂娜的身分，作為福斯特伯爵的她理應也可以透過申請，搭乘購物中心派遣的專機來到此處。

不過法蒂娜並沒有這麼做。一來，她從不喜歡勞師動眾，只想當個獨行俠。二來，她若是太高調，或許會被「那個人」注意到。

總之，謹慎低調行事，才是上上之策。

「走吧，我們快快挑選完禮服，就離開這裡。今天晚上我還得替亞綸那個笨蛋王子上課。」

「遵命，請法蒂娜大人放心，我一定會幫您選出最合適的禮服。不過這次禮服的用途是要參加宴會嗎？我記得您不是已經有很多算得上驚天動地的戰袍嗎？」

黑格爾想起之前幫自家主人整理過衣櫃，若是禮服的話應該夠多了才對，照理來說不需要再額外購買。

「就像你說的，那些都太曝露了啦。」

「太曝露？等等，我是不是誤會了什麼……那不就是法蒂娜大人挑選禮服的主要條件嗎？」

黑格爾和自家主人走進購物中心，開始慢慢地在一樓商場內逛街。

他很難想像，向來遵循「沒有很露，只有更露」主旨挑選禮服的主人，竟然會說出「太過曝露」的回答。

「我還沒跟你說清楚吧？向隆那傢伙找到的行動機會，是一場由『那個人』主辦的宴會。」

「怎麼聽起來不太意外……」

從一開始詢問到現在，黑格爾也得到了不少線索，組合起來後心裡本就多少有個底。現在聽到法蒂娜這麼說，僅僅只是落實自己的猜測而已。

「你不覺得哪裡有問題嗎？」法蒂娜反問，同時她的雙眼在一間間專櫃尋找目標。

「請恕屬下駑鈍，我聽不出來哪裡有問題。」黑格爾一臉困惑。

「你覺得『那個人』是會鋪張舉辦宴會的人嗎？以你在各大媒體所看到的報導跟印象來評估。」

「這麼說來，確實是這麼一回事……『那個人』怎麼看都不像是會用個人名義舉辦宴會的人。他那麼嚴肅又很強調一切從簡，實在不像會鋪張舉辦宴會的人。」

黑格爾也恍然意識到，以他對「那個人」的印象來看，此人完全不是會跟宴會扯上關係的男人。

他感到事有蹊蹺，一手托著自己的下巴，接著忽然雙眼微微睜大，抬起頭來看向自家主人那張冷豔的容貌。

「如果說這場宴會是『那個人』私下舉辦，相當隱密不願讓外界知情的活動呢？如果這樣的話，表示宴會主題……」

「對，搞不好就是非法的——而且還是『那個人』即便冒險也要做的事。這麼一來，只要能潛入宴會，就有機會抓住對方的把柄，也能夠逼出我想要的真相。」

法蒂娜握緊拳頭。這次若能一舉抓到對方把柄，距離真相水落石出的那天也不遠了。

「若事情能照您所預測的那樣發展，的確會如此。但是真讓人好奇啊，『那個人』的形象非常清廉公正，做事又嚴謹，鐵腕剛愎一直是蘭提斯大陸人民對他的印象……

「真不曉得，『那個人』會有什麼負面的行為。如果真有，那還真是會跌破大家的眼鏡啊。」

即便和「那個人」只有過一面之緣，黑格爾還是很難想像在那樣的言表之下，會有什麼令人出乎意料、難以接受的祕辛。

這人和法蒂娜大人過去列舉的「清單」目標大不相同，過去那些人選大都是花言巧語或者是風流好色之徒。儘管都是權貴，但格調跟「那個人」相差甚遠、大相徑庭。

「每個人都有不為人知的一面，搞不好『那個人』只是藏得比任何人都深。」

法蒂娜又說：「再者，調查局的人已經嗅到味道，表示『那個人』還是多少走漏了點風聲。雖然很難攻略，但也不是完全毫無弱點可言。」

「不愧是法蒂娜大人，分析得真精闢。」黑格爾點了點頭，稱讚自家主人。

「不閒聊了，這件禮服如何？」

法蒂娜話鋒一轉，把架上一件禮服拿起來，展示給黑格爾看。

「這件？咦？您確定沒有拿錯？」

黑格爾一看到她拿在手中的禮服，一臉訝異。

「我是那種會拿錯款式的人嗎？」

「當、當然不是！只、只是這件未免也太……」

黑格爾猛搖頭，頻頻吞嚥口水，一副險些嗆著的模樣，難以置信地看著眼前這件禮服。

「我忘了說，這件禮服還會有其他配件。」

「其他配件……？」

黑格爾對於禮服本身就很是詫異了，想不到還有其他配件？是指項鍊還是耳環之類的嗎？

「就這件吧，你的反應我很滿意。」

法蒂娜二話不說，馬上就去櫃臺準備結帳。

傻住的黑格爾過了幾秒才反應過來，趕緊跟上腳步問道：「等等，我剛剛的反應真的就是答案嗎？您滿意的理由是什麼完全不能理解——」

「你已經做得很好了，確實幫我挑選了一件合適的禮服，黑格爾。」

相較於震驚錯愕的下屬，法蒂娜迅速地結好帳，請櫃姐直接打包。

「不對啊法蒂娜大人，您挑選那樣的禮服究竟是要參加什麼樣的宴會啊——」

夜深人靜，兩道身影偷偷摸摸地從王宮溜了出來。一男一女身披黑色斗篷，低著頭小心翼翼地快步走向王宮大門。

經過一片矮灌木樹林時，好巧不巧被另外兩名女僕撞個正著。

「哎呀，那、那兩位該不會是……」

其中一名金髮的女僕驚訝地睜大雙眼，用手半掩自己的嘴。

「怎麼看都像是王子殿下的女家庭教師跟……新進的男性清潔工？」

跟在金髮女僕身邊的褐髮女僕，湊上前在同事的耳邊低聲說道，目光同樣緊緊地鎖定在前方那對男女身上。

「這麼晚了，他們怎麼會離開王宮？這時間不允許外出的啊，要不要去通報管家？」

金髮女僕顯得有些擔憂，這句話雖然沒有傳到那對男女耳中，但他們明顯知道自己被人看見了。

「怎麼辦，被女僕撞見了，她們該不會去通報管家吧？」新進的清潔工——黑格爾，擔心地小聲問身旁的女性。

「我有個主意，順著我做。」

王子殿下的女家庭教師——法蒂娜低聲回應對方，隨後突然一把將黑格爾拉入自己懷裡。

「法、法蒂娜大人？」

毫無預警被攬入美人懷中的黑格爾，一時間腦袋當機，臉頰馬上浮現熱度。

「噓，安靜。」法蒂娜攬住黑格爾的腰，前胸緊緊地貼在他的胸膛上，突如其來的親密接觸讓黑格爾措手不及。

在旁觀望的兩名女僕也和黑格爾反應相似，驚訝地看著他倆、竊竊私語。

「他、他們是要做什麼？居然突然抱在一起……！」

金髮女僕驚訝又害羞地看著這對男女，努力強忍想要尖叫出聲的衝動。

「肯、肯定就是那個吧，就、就是他們在……偷情？」

褐髮女僕同樣震驚，頻頻連吞口水。

「偷、偷情？天啊，王子殿下的家庭教師跟清潔工這組合真是！看來之前的傳聞是真的了？」

「傳聞不會空穴來風啊，等等，他們好像要更進一步了……！」

女僕們明知這對男女疑似在「偷情」，卻無法移開目光，好奇跟八卦的欲望驅使著她們繼續看下去。

接著映入她們眼簾的景象是，女家庭教師緊緊摟著對方，將臉湊到了男子面前，性感誘惑的雙唇就這麼直接貼了上去，熱情如火地索取情人的吻。

「唔、唔唔……」

黑格爾腦袋一片熱烘烘，被法蒂娜吻得無法理解自己在做什麼，身體跟意識都只能被她牽著走，什麼都反應不過來。

法蒂娜的吻充滿侵略性，不知道是否為了演這場戲的關係，比平常吻得還要強勢許多。

過去大多都是黑格爾偷襲掠奪，這回卻是法蒂娜大人主動出擊。一眨眼間，她便輕而易舉地撬開黑格爾的唇瓣以及貝齒，舌尖竄入溫熱溼滑的口腔之中，肆意妄為地翻攪。

充滿情欲色彩的水聲，以及微微喘氣的聲音，只有黑格爾和法蒂娜聽得到。聽在黑格爾耳中猶如動情春藥，令他心癢難耐。

他仍僵硬著身子，不敢隨意有任何動作，就怕越矩讓法蒂娜大人不悅。然而黑格爾似乎是多慮的，他一直呈現被動的狀態，法蒂娜則動作頻頻。

她將摟著對方腰部的手往上移，一把拉住他的衣領，把領子豎起來。

黑格爾很快便理解她這麼做的原因，法蒂娜低聲對他說：「解開我的釦子，然後將我往後推，移動到後面那棵樹去。」

原來她是利用豎起來的領口來遮掩，以便下達指令。

黑格爾倒抽了一口氣，但想想既然是自家主人的命令，就算害臊也得照做吧？

他嚥下口水，鼓起勇氣在心跳加快的情況下，執行第一個指令。

黑格爾腦海裡閃過「法蒂娜大人失禮了」的念頭，解開她衣服的鈕釦。

從旁人的角度來看，黑格爾解得相當自然流暢，好像他才是主動的那一方。實際上他卻是連心臟都快跳出來似的戰戰兢兢，但為了配合演好這場戲，還是努力強裝自然。

衣襟的鈕釦被打開後，法蒂娜也不惶多讓，同樣迅速地解開了黑格爾領子的鈕釦。甚至毫不猶豫地一路往下，一眨眼就打開了三顆釦子，把黑格爾的胸口全部袒露在外。

但黑格爾沒有多餘的心思注意自己的裸露程度，哪怕今天法蒂娜大人要他脫光所有衣物，他也絕對沒有第二句話。

他全神貫注準備執行第二步驟，一邊繼續擁吻著對方，一邊邁開腳步，就好像自己發自內心想推倒法蒂娜一樣，順勢往後方的樹木而去。

隨著法蒂娜的後背抵上了樹幹，黑格爾本想結束親吻，沒想到法蒂娜不僅沒讓他這麼做，還轉而緊扣住他的後腦勺。

她直抵住黑格爾的頭，更加強勢而激烈地索吻。

「唔、唔唔……嗯……！」

自兩人唇齒之間流洩出來的細微呻吟，交織出一片無限的春色。無論是黑格爾還是法蒂娜，似乎都分不出自己現在是為了演戲，還是為了本能的欲望而繼續。

至於在旁看戲的兩名女僕，眼看事態發展至如此的火熱程度，似乎也終於害臊到極點，不敢再看下去。

她們迅速掩著臉，低著頭當作什麼也沒瞧見，快快離開現場。只留下這對不知道何時才會踩煞車的主僕。

不知過了多久，黑格爾這才注意到旁觀者們已經不見，他從激情中醒來，試圖推開法蒂娜。

「法、法蒂娜大人……人、人都已經走了……還要繼續嗎？」黑格爾面紅耳赤、喘著熱氣，雙眸含著氤氳水氣，低聲問道。

「我怎麼沒注意到人……」

縱使是平常態度冷漠的法蒂娜，此刻也露出了破綻。她臉色潮紅，同樣喘著微熱的氣，聲音略帶一絲沙啞。

「確、確實已經離開了啊……這不就是您演這場戲的目的嗎，法蒂娜大人……」

「誰說……我只是為了要演戲……」

「您、您說什麼……？」

黑格爾一瞬間以為自己聽錯了，眨了眨眼。在昏暗的月色之下，即便兩人如此靠近，也很難將法蒂娜的臉龐看得十分清楚。

因此他無法斷定，自家主人是在開玩笑還是認真的。

「或許我是故意這麼做，想要繼續下去，想要和你……」

黑格爾感覺自己的心臟彷彿被狠狠地重擊！

這這這算什麼？這算是在邀請他嗎？這代表他真的可以繼續做下去嗎？法蒂娜大人知道這代表著什麼嗎？這樣下去真的會無法踩煞車啊啊啊——

各種疑問跟咆哮在黑格爾的內心上演著激烈的小劇場，他整個人幾乎要冒煙了。這種話簡直誘惑到不行，他完全明白為何那些「清單」上的目標會一個個淪陷，因為法蒂娜大人就是如此地迷人！

「不過現在不是什麼好場合——下次吧。」

「欸？」

黑格爾還沒反應過來，法蒂娜便將他推開，向前走去。也為他腦中各種春色無邊的幻想畫上了休止符。

「既然人都走了，看起來也沒有去告狀的疑慮，我們就快點執行原本的計畫吧。」法蒂娜雙手插腰，背對著黑格爾說道。

「好、好的，遵命，法蒂娜大人。」

黑格爾這才恢復清醒，點了點頭，趕緊收拾方才一片混亂的思緒，整理好自己的衣著。

「走吧，趁現在沒有人，趕快離開這座令人窒息的無聊王宮。」

法蒂娜率先邁開步伐，起腳往大門的方向前進。

她一路上都背對著黑格爾，原因無他，正是不想讓對方察覺到自己臉上還未消退的緋色。縱使月夜可以遮掩，但法蒂娜不想冒這個險。

實際上，她也是差一點……就差那麼一點點，便要失去理智了。

她方才對黑格爾所說的，沒有半個字是假意。要不是還有任務在身，她或許早就不介意時間地點，和黑格爾一發不可收拾了吧？

不能讓他發現，否則那傢伙之後就能拿這件事說嘴，甚至自以為占上風了。

法蒂娜深吸一口冷空氣，好讓自己的頭腦冷靜冷靜。

兩人披著月色順利地溜出王宮，執行他們今晚的計畫。

「法蒂娜大人，您穿這樣真的合適嗎……」

黑格爾看著換裝完的自家主人，皺著眉頭，臉上的表情說不出是嫌惡或者擔憂，只能說是五味雜陳。

真要說的話，可能嫌惡的成分多了那麼一點點。

「你不懂，這才是合乎這場宴會最合適的穿搭。還有從現在起，不許叫我的本名，我的代號是K夫人，而你是我的男伴，明白嗎？」

法蒂娜壓低嗓音，嚴正地告誡黑格爾。

「我真的非常好奇，我們究竟是來參加什麼奇怪的宴會……」

黑格爾忍不住偷偷地嘆了一口氣，不過他也沒什麼立場嫌棄法蒂娜的裝扮……因為為了和她配合，他自己也換穿了差不多風格的服裝。

法蒂娜穿著前幾天從購物中心買回的禮服，而黑格爾則換上和平時沒差太多的全套白色西裝。

不過真正讓黑格爾在意的，是他倆頭頸以上的裝扮。

法蒂娜穿的是從頭包到腳的黑色長禮服，批著一條絲巾，徹底包裹住頭髮與脖子。平時的爆乳身材，在穿上這套服裝後什麼也看不著。

全身包緊緊就算了，就連法蒂娜的美麗容顏也用黑色薄紗遮掩了半張，僅僅露出一雙勾魂的美眸。

這種穿搭風格讓黑格爾不禁猜想，這場宴會該不會是走什麼中東主題吧？

話說回來，他自身也沒好到哪裡去，自家主人給他一張白色面具要他戴上。

這樣遮遮掩掩的，究竟是為了什麼呢？

假面舞會？中東風格宴會？搞得黑格爾好混亂啊。

「時間差不多了。別再囉唆，跟我進場就對了。」

「遵命，K夫人。」既然自家主人沒有要解釋的意思，黑格爾也只能順應對方，一手覆在胸前答覆。

作為男伴，這次不用再以侍從的立場跟隨在法蒂娜身後，可以抬頭挺胸、正大光明地挽著法蒂娜的手，和其他來賓一起雙雙對對地走入會場。

這種滋味真是極其甜美。或許對法蒂娜來說沒什麼，但對向來身分行儀都必須比法蒂娜還低的自己來說，簡直是種強烈的甜蜜。

最近實在發生太多開心到快上天堂的事情，他很清楚自己和心愛的法蒂娜越來越近……

或許，只差在沒有和法蒂娜互訴心意而已吧。

他們來到的地方看似是一間頗為高檔的飯店，除此之外沒有其他特別之處。

飯店最角落緊閉的金色大門前，站著兩名高大的黑衣警衛，其中一人以嚴肅低沉的嗓音提出要求。

「請示出入場邀請函。」

法蒂娜慢慢地從口袋中取出一張黑色鑲有蕾絲花紋燙金的紙卡，看上去相當有質感。

黑格爾瞄了一眼，邀請函上沒有註明法蒂娜的名字，也沒有一般請帖會有的文字描述，只有一排數字跟英文合成的金色編碼。

他不清楚那是什麼意思，可能是代表來賓身分的編號吧？

警衛接過邀請函，用機器掃瞄後發出「嗶」的一聲。

警衛將邀請函還給法蒂娜，說道：「已經通過驗證，確認您是我們的貴賓，請進。」

話音落下，本來阻擋在金色大門前的兩名保鑣便自動讓開，其中一人還替他們開啟了門扉。

法蒂娜和黑格爾互看一眼後，便邁開步伐走入這扇充滿神祕感的金色大門。

裡面是一條只點了幾盞燈光的長廊，明明沒有窗口，卻隱約能感受到陣陣陰風。

確認後方門扉再度關上後，黑格爾這才小小聲地問：「法蒂娜大人，這張邀請函您是怎麼弄到的？」

「當然是某人給的，他還特別提到不知花費了多少心力才到手，要我好好執行計畫。」

「原來是那傢伙啊……膽敢這樣命令法蒂娜大人，真是太失禮了……」

他本就對向隆充滿敵意，一聽到法蒂娜這麼說，不禁一陣窩火。

「別管那傢伙了，待會你非必要別開口說話，你今天的任務就是做好一名稱職的『沉默的男伴』，明白嗎？」

「遵命，K夫人。」

「很好，那麼我們往前吧。實際上連我都不清楚繼續走下去將通往何處，又將遇到什麼。」

法蒂娜一邊說一邊往前邁進，「但是我很清楚，只要你陪在我身邊，就沒什麼好怕的。」

「啊，是呀，有我在您什麼都不用擔心。」黑格爾肯定地回覆對方。

雖然隔著白色假面，法蒂娜也明白此時的黑格爾，大概正在對自己溫柔又堅定地笑著吧。

他們就這麼走了一小段路，終於隱約看見走廊的盡頭，也開始聽到人們細聲交談的聲音。

走廊銜接的是一片刺眼的燈光，熾烈地投射在走廊盡頭。

當雙眼終於習慣這突然的光線變化後，映入這對主僕眼中的光景與其說是宴會——更像是一座小型圓型舞臺。

舞臺垂掛著紅色的布幕，似乎正等待著正式開幕。其他地方只有微弱的燈光照著，投射燈全集中在那座目前沒有任何人的舞臺上。

聚集在這裡的人們與法蒂娜和黑格爾一樣，不分男女都穿著正式的服裝，個個都包得密不透風，臉上不是薄紗遮面就是面具。

黑格爾心想，看來自家主人是對的……這場宴會該不會全部來賓都不得洩漏身分，才採用這種方式遮掩吧？

這讓他更好奇待會究竟是要進行什麼，以及這場宴會的目的是什麼，才需要讓來賓們都遮遮掩掩，而且這些賓客看起來都是大有來頭的人物。

現場除了穿著西裝或禮服的來賓，也有一些徘徊在舞臺四周的人，雖然也都以黑色布巾蒙面、僅露出雙眼，裝扮卻和來賓不太一樣。這群人大多都是男性，穿著看上去方便活動的簡單黑色西裝，少部分的女性成員則穿著黑色的緊身衣褲。

他們的眼神也明顯不同，大多數的來賓都徜徉在交際和品酒小酌，或跟情人悠閒地坐在一旁談情說愛。

只有這群「黑色部隊」每個人的目光都十分銳利，隨時掃視著宴會裡的來賓，彷彿要杜絕與預防任何突發狀況。

黑格爾猜想他們應該是宴會主人找來的保鑣或護衛吧？

在這群人中有名男性讓黑格爾特別在意，雖看不出面罩底下的全貌，從雙眼以及氣息來看，卻覺得好像在哪見過。

黑格爾原以為只有自己在意此人，但他轉頭一看，就發現法蒂娜同樣也將視線落在那人身上。

看來他的直覺是準確的，至少能讓他和法蒂娜大人同時注意到的人，恐怕確實是個特別的存在。

法蒂娜隨後轉移目光，將視線投向舞臺。

此時舞臺上多了一道身影，是一個身穿著燕尾服、戴著一頂紅色高帽與假面的男人。他拿著麥克風，還沒開口，燈光已經聚焦在他身上。

「看樣子活動快開始了。」法蒂娜低聲對著身邊的黑格爾說道。

主持人很快便開啟麥克風，先是發出了清喉嚨的聲音，隨後對著眾人說道：

「各位尊貴的來賓，久等了。『紫玫瑰之夜』活動即將開始，請還未入席的貴賓們準備一下囉！」

臺下的賓客紛紛回到自己的座位，法蒂娜和黑格爾也跟著照做。從這些人熟悉的反應來看，這所謂的「紫玫瑰之夜」似乎不是第一次舉辦。

「現在各位來賓應該都有看到桌上擺著各種數字單位的舉牌，請先好好思考怎麼使用喔，若是慢了錯過就太可惜啦！」

主持人一邊說話，一邊高舉另一隻手舞動，看起來十分浮誇，在法蒂娜眼中簡直跟小丑沒什麼兩樣。

不過也因為主持人這麼一說，她才留意到桌面上的幾張舉牌，上頭確實標註著不同的數字。

法蒂娜看了一下，最低的數字單位是一萬，再來就是十萬、百萬、千萬甚至上億的單位……她直覺這是競標的金額。

至於幣值，既然在獅子心共和國，肯定就是以獅子心共和國的幣值來計算。

真是一場豪賭啊……法蒂娜在心裡默默想著。

獅子心共和國的幣值可是蘭提斯大陸上最高的，如果真是這樣的話，究竟要競標什麼可以達到如此高價？競標的收入又是進到誰的口袋？

想來想去，能聯想到的人選，就是這場宴會的主辦者……「那個人」了吧。

但是「那個人」感覺一點也不像貪戀財色之人，對方長年以清廉公正的形象深植人心，也因此登上獅子心共和國的高位。

難道，真的是表裡不一嗎？

雖說這種可能性法蒂娜也算是看多了，可是總覺得畢竟是「那個人」，事情恐怕沒那麼單純。

她決定繼續觀察下去，不想這麼快對「那個人」下定論，畢竟對方可是連情報局都摸不透的人。

「已經準備好了嗎？那麼，各位尊貴的來賓，我們的表演與拍賣活動即將開始——」

伴隨著主持人拉長的尾音，他背後的紅色簾幕緩緩拉開。

兩名蒙面的工作人員推出一件大約等身高的物體，商品被紅色緞面的布巾遮蓋，看不出裡面藏有什麼。

法蒂娜和黑格爾坐在觀眾席上，大抵心裡有數，那絕對不是什麼平常可見的東西。

「第一樣登場的，是來自海斯王國，難能可見的極致奇異美品——」

隨著主持人的話語，工作人員合力掀開紅布，觀眾席瞬間一陣譁然。

「——珍稀少見、絕美的雙頭白子少女！」

主持人的聲音透過麥克風，嘹亮地在整場宴會裡擴散開來。

如精靈般美麗的少女，一身純白的薄透紗衣，雙眼呈現淺金色，同樣淺淺淡淡的長長金髮垂散在地。當然，其中最讓人訝異的，是她擁有兩顆頭，長相還不是雙生，而是有著明顯差異的精緻五官。

她們帶著驚恐不安的神情，無助地左右張望，含著淚看著舞臺下的人們。她們蜷縮的裸露足踝被細細的銀鍊拴著，關在吊飾華美的鐵製牢籠之中，就像不知所措的可憐囚鳥。

太過衝擊的畫面讓黑格爾一時間不知該如何反應，他嚥下口水，轉頭查看自家主人……

不愧是他的法蒂娜大人，看到這驚人的一幕，果然還是一副不為所動的模樣。

很快地，主持人再次開口：「這並非人造的產物，而是海斯王國天然基因突變的極稀有美品！

「想要一次擁有兩名楚楚可憐的美麗少女嗎？無論是進行『服務』，還是作為展示寵物，都是最佳且最受羨慕的選擇！」

主持人用著高亢的聲調，說著令人感到髮指的話。

法蒂娜觀察到，除了她和黑格爾以外，現場來賓似乎都習以為常。有的來賓更是表現出頗有興趣的模樣，一手已經拿著舉牌、蓄勢待發。

「真是噁心。」看了打算舉牌的肥胖男性來賓一眼，她撇過頭冷冷又厭惡地說。

「所以……這裡是競標活人還是人體實驗產物的黑市嗎？」

黑格爾當然理解自家主人的憎惡，別說是法蒂娜，他同樣感到生氣。

一開場就是這種場面，被關在籠子裡的雙頭少女很明顯是被迫遭到買賣。黑格爾不忍再看，他別過頭去，心口感到微微悶痛。

實在沒想到，由「那個人」主辦的宴會竟是如此不人道的地下拍賣……

雖然早有預感會是犯罪的場合，但萬萬沒料到竟是這種等級。

這陣子才漸漸接觸到關於「那個人」的事，卻有種這傢伙恐怕比預期還要可怕的感覺。即使目前看來，這與法芙娜大人之死似乎沒有關聯，還是需要再繼續調查下去，想必法蒂娜大人也抱持著和他差不多的心情吧？

「好，現在準備出價了嗎？是誰能夠在今晚標走這位稀有美麗的雙頭少女呢？準備好你們的牌子了吧？那要開始了哦！」

主持人再次喊話，有興趣的來賓紛紛蠢蠢欲動，手已經按在舉牌上，就等主持人的一句話。

「現在，雙頭少女的競標開始——」

此話一出，競標牌此起彼落地揚起，現場充滿主持人快速喊出最新出價的聲音。

法蒂娜看得很是不悅，身邊的黑格爾亦是如此。她的目光刻意避開了全身顫抖的雙頭少女，她來到這場宴會不是為了競標，而是找出關於「那個人」的線索。

她看著四周的觀眾席，照理來說來賓都已到齊，卻沒有看到「那個人」的身影。

就算「那個人」也戴著假面，以法蒂娜這陣子對「那個人」所做的各種研究跟調查，她也有自信可以認出。

身形、氣質，乃至走路的姿勢與步調，習慣的手勢與小動作，她都能透過仔細觀察得到答案。正好可以在這場假面宴會中讓這些事前準備派上用場，也算是沒有白做工。

不過觀眾席上既然沒有「那個人」，她就得轉移目標看向前方舞臺。

舞臺上除了欣喜地瘋狂喊著出價數字的主持人，以及那名讓人不忍看的雙頭少女外，別無其他人影。

法蒂娜將視線轉往他處，搜尋舞臺旁以及其他燈光照不到的地方。當所有人都聚焦在舞臺上的競標時，只有她在找尋與大家不同的目標。

果然皇天不負苦心人，就在一個很隱密的角落，法蒂娜發現了目標。

「那傢伙好像在高處的觀望臺看著競標。但是太暗了又有點距離，我不能百分百確定就是『那個人』。」法蒂娜小聲地對著身旁的黑格爾說道。

同時第一場競標已經結束。在主持人宣告得主後，舞臺上關著雙頭少女的鐵籠就被重新蓋上紅布，在隱約的啜泣聲中再度被帶離舞臺。

黑格爾心有餘而力不足，只能默默地為那可憐的雙頭少女難過。

同時，他也回應自家主人，「需不需要現在過去幫您確認？」

「先不用，若他有遮面，你對他不夠了解，恐怕也認不出是不是本尊。」

「那該怎麼辦？」

「再觀察一下，他現在還在那邊觀看，若他有任何動作或要離開，我再找機會開溜追上去。」

「我明白了，那麼請您到時務必小心，注意安全。」

「哼，你當我是誰？」

法蒂娜的語氣雖然十分不以為然，實際上黑格爾的關心都有聽進耳裡。

很快的，第二件拍賣物上場，主持人再度拿起麥克風說道：「各位貴賓，沒有標到第一樣美品也別傷心，我們『紫玫瑰之夜』還準備了很多珍稀美物給大家觀賞跟競價！

「接下來，就是第二樣美物登場——」主持人同樣故意拉長語氣製造懸念。

第二樣物品被工作人員推上舞臺。

這次紅色緞面布巾底下的籠子明顯躁動不安，比起上一個雙頭少女還要有精神和力氣，一直發出鐵鍊碰撞的清脆聲響。

雖然對競標本身不感興趣，但法蒂娜和黑格爾還是多少有點好奇。

「第二樣是傳說神話中的半人半牛怪物——米諾陶洛斯的完美復刻品！」

隨著主持人宣告答案，紅布被掀起，進入現場來賓眼簾之中的，正是半人半獸身的怪物。

牠有著強壯的男性身軀，結實的胸膛裸露在外，強而有力的雙腳不斷踢著鐵籠，而頸部以上則是一隻褐色公牛的頭！

不知道該被稱為人還是獸類的怪物，不斷發出嘶吼聲，乍聽有點像人的吼叫，卻又不那麼相似。

「雖然只是復刻品，但完美複製出神話中米諾陶洛斯的力氣和形象！現在，就讓各位看看牠的力氣有多大！」

主持人命令工作人員將鐵籠打開，強壯的半獸人從中跑出，但是被雙腳上的粗壯金屬鍊限制了行動範圍。

「牠身上的鍊子絕非普通鐵鍊，是用特殊材料製造的特製束縛，一般金屬只會被瞬間扯斷！」

主持人用誇張的語氣，強調這頭半獸人的力氣之大絕非凡物。

不過口說無憑是無法取信觀眾的，他顯然早有安排，語氣激昂地說：「為了讓各位貴賓親眼見識一下這頭怪物的能耐，我們的舞臺就是為了此刻而準備的！」

隨著清脆的彈指聲落下，只見舞臺上左側暗藏的一扇門應聲開啟。

暗門打開後，三名男子就被工作人員推了出來。

三人身上捆綁著鐵鍊、雙手套著枷鎖，臉上全是恐慌跟不安，似乎不知道自己為何會突然出現在奇怪的舞臺上，對於底下這群戴著假面的觀眾也感到無比驚慌與不知所措。

法蒂娜看這三個可憐人，心想他們應當是透過非法管道抓來的人吧？至於是什麼樣的管道，有可能是即將處死的囚犯，也有可能是透過人口販子……總之從這三人的反應來看，應當都不是出於自願。

這三人一見到半人半牛的怪物後，臉上的表情從恐慌瞬間變成了驚懼。

「這、這是什麼怪物？為、為什麼會有怪物出現在這裡！」

其中一人驚駭地大喊，同時工作人員將把三人綑綁在一塊的鐵鍊鬆開，讓他們只剩下雙手上的枷鎖。

但這三人沒有感到絲毫放鬆，他們都本能地感受到——這絕非重獲自由的象徵，而是通往更可怕地獄的前奏。

「現在就讓各位貴賓親眼見證，這頭神話中的怪物——米諾陶洛斯的厲害吧！」主持人對著這三人說道：「來吧勇者們，只要你們挑戰成功就能夠離開這裡，抵銷所有你們背負著的代價或罪惡。為了重獲新生與自由，盡全力戰鬥吧！」

接下來的畫面，一切都如同法蒂娜所預想的，血腥、殘忍、單方面壓倒性的強大——當然這絕非是在說那三名男子，而是主辦單位透過這場戰鬥，徹底展現出米諾陶洛斯的可怕！

現場哀嚎聲四起、鮮血飛濺，這頭半獸人在被解開束縛後，便無情殘酷地輾壓挑戰者。

底下觀眾們有的遮住嘴或別過頭去不敢再看，但也有人越看越專注、露出興奮的表情，甚至有的人大聲吶喊要那頭怪物殺光所有人。

法蒂娜面無表情，不，與其說是毫無表情，根本是厭惡到極點，冷冷地看著這一切。

對黑格爾而言，和上一個無辜的雙頭少女相比，此刻上演的打鬥戲碼好像沒那麼令他心疼，大概是因為這三人身上都有囚犯的印記或刺青。

此時的情況無論如何也不可能出手幫忙，黑格爾只得強行洗腦自己，這些人可能原本都是罪大惡極的犯人，如此一來胸口就不會這麼難受。

只是他不禁想，到底還要看幾場這種噁心的競標拍賣，才能讓自家主人達到目的，接近「那個人」呢？

第二場競標品的「表演」，在米諾陶洛斯複製品壓倒性的力量之下，很快就宣告結束。三名挑戰者非死即傷，遠在觀眾席的黑格爾無法透過肉眼判斷這三人是否全斷了氣，只看見米諾陶洛斯再次被拴上了枷鎖，在經歷一場血腥的戰鬥後又回到牢籠裡咆哮蠢動。

工作人員將倒在舞臺上的三人拖回旁邊的暗門，就像清理垃圾一樣，接著又有人上來打掃，將血漬大致清理一番。

主持人再次對著底下的觀眾們喊話：「看完方才血脈賁張的戰鬥，識貨的貴賓現在準備出價了嗎？是誰能夠在今晚標走這位神話中的怪物呢？準備好你們的牌子了吧？那要開始了哦！」

現場迅速進入競標出價的流程，只見來賓一個個高舉價位牌子，拍賣會繼續進行時……

法蒂娜突然壓低嗓音對黑格爾說道：「『那個人』似乎準備要離開了。」

「咦？現在嗎？可、可是法……K夫人，若您現在離席的話，不會被人覺得怪異嗎？」

黑格爾回頭看向高處疑似「那個人」的身影，確實已經起身準備離開的模樣。同時法蒂娜也站起身，回覆道：「若有人問起，就說我腸胃不舒服去廁所了。」

「果然是要這種理由嗎……！那我是否要隨您同去？」黑格爾小聲詢問。作為法蒂娜的隨從，他當然不放心自家主人單獨前往。

在這種詭異的場合中，他自然會擔心自家主人的安危。尤其如果真對上了「那個人」，假設對方有心加害，甚至打算滅口，實在很難保證法蒂娜大人能全身而退。

「你就留在這裡，連你都離開的話，肯定才是真正讓人起疑。」法蒂娜語氣堅定地回應，更像是在命令黑格爾，「若有人問你就說我去廁所。」

「去廁所就不用一直強調了，法……我是說K夫人……」

雖然戴著面具，但不難從無奈的語氣中，想像得出黑格爾此刻板著死魚眼的模樣，「我明白了，那請您務必小心為上，注意安全。」

「我不是小孩子，用不著千叮嚀萬交代，你是我媽嗎？」法蒂娜聳了一下肩膀，隨後又說：「如果不想當我媽，想做我的情人的話……不是更應該放手信任我？你說是不是，我的男伴？」她忽然湊近，朝著黑格爾的耳邊低聲吐著熱氣，耳語呢喃。

「唔，K、K夫人您實在太狡詐了……」

被法蒂娜毫無預警地親密攻擊，黑格爾倒抽一口氣，心臟在這一剎那漏了一拍。

「我走囉，記得幫我彌平別人的疑慮。」

法蒂娜在離開前又補了一句：「還有你放心，我很強，即便是『那個人』也不能拿我怎樣，這點你比誰都還清楚吧。」

「呵……這倒是呢……」

黑格爾莞爾一笑，目送自家主人趁著來賓都將注意力放在舞臺上時，偷偷地離開座位往走道方向而去。

法蒂娜順利地離開宴會會場，側身鑽入一個小門。她不知道自己來到何處，憑著直覺往有出入口的地方前進，老實說她壓根不曉得「那個人」會不會經過這裡。

更確切的說法是，法蒂娜根本不知道這道小門後的狹小走道會通往何方。不過這不會讓她產生半點不安，法蒂娜向來都相信自己的直覺，以及擁有勇於嘗試的心態。

哪怕只是一點點的可能，只要付出行動，總有機會可以逮到「那個人」。

這條全無裝飾的白色走道似乎比預期的還要長且深，一路上別無他人，跟充滿賓客的舞臺會場有著天差地遠之別。

「嗯？」就在法蒂娜已經看慣這條無人的白色走廊時，忽然有一道身影從遠處經過。

法蒂娜瞬間睜大雙眼，雖然對方走得很快，一轉眼就消失在前方橫向交叉的走道，但若沒看錯的話，應該就是她在找尋的目標！

倘若真是「那個人」的話，得快點跟上去看對方究竟要做什麼。

法蒂娜加快腳步，她覺得長禮服有些礙事，二話不說直接拉起裙尾用力一扯，並將撕下來的布料迅速捆綁在手上。畢竟總不能隨意丟棄，要是留下線索或證據就麻煩了。

法蒂娜快快地走過轉角，終於看見目標的背影。

她打算一路偷偷摸摸地緊隨在後，如果真被撞見，這條路上也沒什麼可以躲藏的地方……屆時要嘛裝傻說找廁所迷了路，要嘛就乾脆攤牌吧。

為了不讓目標發現，法蒂娜放輕自己的步伐，幾乎連呼吸都抑制著。

這份努力並沒有浪費，比她預期得還快，只見目標又轉向左方，直接推開一扇門而入。

法蒂娜趁著門扉還留有一點點縫隙時趕緊一箭步上前卡住。

她先在門外偷看，確認似乎暫時沒有危險後，悄悄地溜入其中。

房間裡頭光線昏暗，她剛踏進去的地方沒有任何照明設備，光線來自前方的另一個區塊。

那裡設有一個小隔間，從中透出光來，除此之外還傳來持續不斷的聲響。法蒂娜大抵清楚那聲音是什麼——是數鈔機的運作聲。

好奇心驅使著她往前，比起數鈔機的聲響，她更在意消失在小隔間後的目標。

為了看得更清楚、獲取更多情報，法蒂娜決定大膽前進。

透過那小小的門縫，她在有限的窄小視線範圍內看到一臺又一臺擺得整整齊齊、排了好幾列的數鈔機正在運作中。

幾名工作人員忙碌著整理或投入新的一捆鈔票，法蒂娜看著那一疊疊的紙鈔，全都是獅子心共和國的貨幣。即便自己熟悉富有的上流社會與王公貴族，她還是頭一次看到這麼多現金擺在一處。

這些都是出價者拿來的現金嗎？果然是採用現金交易才不會留下紀錄讓人追蹤吧。

不過這麼一大筆錢究竟是要拿來做什麼？純粹只是收入私人的口袋嗎？倘若真是她和向隆都在追查的「那個人」，真的只是基於如此簡單貪婪的理由？

不管了，先別想這些。法蒂娜拿出手機，迅速地偷偷拍下幾張照片。

正當她忙著多拍幾張時，忽然一道凜冽的氣息從後方出現。

法蒂娜猛然轉身，敏捷地出擊，沒想到竟被對方躲過。

來者的身影躍入視野，法蒂娜的雙眼微微睜大，那正是先前在舞臺旁看到的其中一名黑衣保鑣。

這個人——真是好身手！能躲過她擒拿的人真是少之又少，至少在這一兩年內，法蒂娜還真沒印象有誰成功閃避。

不愧是「那個人」找來的警衛，果然都是一等一的好手。

「你會出手，應該已經不會接受『我是找廁所迷路來到這裡』這種理由了吧？」

儘管法蒂娜仍蒙著面，不確定自己的身分是否曝光，但直覺告訴她，眼前這名黑衣人不是什麼泛泛之輩。

「跟我離開這裡。」隔著黑色的面罩，對方的聲音聽起來有些悶。不過比起黑衣人的聲音，更讓法蒂娜在意的是這個人的用詞。

身為主辦單位找來的保鑣，一般來說如果看到外人闖入，通常會說「立刻離開這裡」而不是「跟我離開這裡」。

感覺上就好像這個黑衣人認識自己一樣。

是錯覺嗎？還是自己的身分真的曝光了？

如果真的曝光了，以她福斯特伯爵的名氣，對方確實可能用這種語氣對她說話。

無論如何，這個人似乎不是硬來就能對付，法蒂娜回想起剛才對方的身手，有了這個結論。

「跟你走回到會場嗎？再怎麼說你也該知道，我是你主人邀請來的貴賓呢。」法蒂娜看著對方的雙眼，試探性地問道。

「那就要看妳的表現了。」

對方語氣冷冰地回應，沒讓她得知其他情報。不過這句話足以讓法蒂娜知道，倘若不乖乖配合，很可能會讓處境變得更糟。

至少如果好好配合，最差的情況就是被遣送回觀眾席，也許就能當作什麼事也沒發生。

可是，這樣真的好嗎？她從向隆那得到機會、扮裝潛入這個宴會，不就是為了挖出更多線索甚至真相，就這麼順從地回到觀眾席上，這結果真是自己所要的？

「……我知道了，那就跟你走吧。」

法蒂娜雖是這麼說，實際上另有打算——她決定且走且看，看看對方會帶自己前往何處，在過程中找尋空隙，趁機反擊逃脫。

她會讓這個黑衣人知道，自己可不是什麼好對付的人。她也絕對不會輕易放過任何可以接近「那個人」、挖掘更多線索的機會。

眼前的黑衣人沒有作出其他回應，只是眼神銳利地打量了法蒂娜後，便轉身邁開步伐。

法蒂娜跟上對方的腳步，離開前還回頭多看了一眼那些錢跟數鈔機，同時納悶著為何跟蹤的目標一進入小房間後就消失……應該是房間裡還另設有暗門，目標可能從那道暗門離開了吧。

跟著黑衣人走著，法蒂娜一直伺機而動，然而即便黑衣人背對著自己，她卻始終無法找到任何破綻。

這傢伙究竟是何方人物？這種等級的護衛，絕對不是普通保全公司可以找到的吧？

不知道是不是看過太多黑衣人的關係，她總覺得對方好像莫名有點熟悉，法蒂娜趕緊清除腦袋裡這個危險的想法。

對方一路上都保持沉默，再也沒有和法蒂娜搭過話，貫徹身為主辦單位護衛的職責。

法蒂娜則越來越心急，難不成真要跟著走回會場？現在行進的方向，就是自己從會場過來的同一條路線啊……

必須想辦法突破現狀才行，正當她這麼想時，忽然有另一名黑衣人從相反方向走來。

「你後面的人是誰？怎麼會來到這裡？這裡可是禁區。」對方一見到法蒂娜，立刻警戒地質問。

「誤闖進來的來賓，我現在正要帶她回去會場。」

站在法蒂娜身前的黑衣人，用隔著面罩略微低沉而模糊的聲音回應。不過他的同伙似乎仍有些懷疑，「看樣子走了不少路，真的只是誤闖嗎？你會不會太放寬警戒了？這可不像是隊長的風格。」

「她是為了找廁所迷路的，你是在懷疑隊長的判斷嗎？」被另一名黑衣人稱為「隊長」的男人，如此回應。

法蒂娜暗暗吃了一驚。這傢伙居然說出這麼假又蠢的理由？如果他真是這群黑衣人的隊長，根本沒必要幫她說話吧？

法蒂娜越想越不對勁，但目前的局面對自己有利，至少這個隊長沒打算讓她惹上更多麻煩。無論理由有多爛，她還是選擇沉默地靜觀其變。

「但這個理由真是太奇怪了……讓我不得不懷疑，隊長是不是刻意在包庇這個人？」對方認真地質疑道。

隊長只是用更低沉的嗓音反問：「你好大的膽子，當真懷疑我就是了？」

「我本不想如此，但隊長你的說詞實在太可疑了。我們是主辦單位找來擔任護衛的，必須做好本分，絕對不能有一點私情或寬貸。

「若是你想證明自己的清白，就請讓開，由我確認你身後那位來賓的意圖。」

黑衣人同伙顯然毫無退讓之意，執意要貫徹自己的工作。

反觀被質疑的隊長，法蒂娜隱約看見他握緊了拳頭，接著便聽到他彷彿喃喃自語地說：「既然你這麼堅持的話，也是，這畢竟是你的職責……」

法蒂娜已經做好隨時要反擊、趁機逃脫的準備，要是隊長真讓他的屬下對自己盤問檢查，她就要出手了。

「那麼……就只好失禮了。」

「什麼？」

黑衣人還沒反應過來，後頸瞬間被隊長一記手刀劈下。

隊長在部下暈倒的瞬間接住對方，沒讓他發出倒地的聲響，隨後快速將人拖到一旁放下。

法蒂娜驚訝地看著眼前的這一幕，腦筋一時間有些轉不過來，這到底是怎麼回事？

這個人是黑衣人的隊長，為什麼要襲擊同伴？為什麼要阻止他人盤查自己？這個隊長——似乎當真在幫她？

太多疑問湧入法蒂娜的腦袋，直到隊長回過頭來，這才將她從混亂的思緒中拉回。

「妳還愣在那裡做什麼？快走。」

「……你為什麼要幫我？」法蒂娜還是忍不住問了對方。

「妳再不走，晚點就真的走不了。」

「我來這裡本就是有個人的目的，既然你都出手幫忙了，也不怕被你知道。相較之下，我更在意你為何這麼做。」

法蒂娜明知現在一走了之才是上策。然而她實在太在意了，這個「隊長」不止行為怪異，就連聲音以及給她的感覺，都漸漸有一種莫名的熟悉感。

法蒂娜有個預感，如果繼續追問，或許對方的輪廓就會逐漸清晰。

「妳還真是一樣的固執啊……」

對方看著法蒂娜如此堅持的模樣，嘆了一口氣。

「你果然認識我吧？而且還是很熟識的人？」

法蒂娜聞言，雖然沒有很確定，但大抵已經有了答案。

「這裡不適合敘舊，走吧，妳必須快點離開這裡。如果太慢就會被發現了，這個人一定會通知其他護衛。」

對方沒有直接回答法蒂娜，只是再次催促她。比起自身的立場，這位隊長好似更擔心她的處境。

「好，我姑且跟你走，但是我不回去會場。」

「那妳想怎樣？妳就這麼想要得到『他』的情報嗎？就算得到了又如何？以妳的能耐是不可能動搖到他的一根寒毛的。」

「聽這口氣，我更確定你是誰了……」

法蒂娜腦海裡的人選已經非常明顯，她正要把名字說出口時，前方又有其他黑衣人出現。對方趕緊一把將法蒂娜拉到一旁，躲到轉角的牆後。

他們似乎是在例行巡邏，兩名黑衣人走在方才她和隊長身處的走廊上。

當然情勢很快便急轉直下——被打暈的那個人馬上就被發現，只見黑衣人忙著朝對講機通報狀況。還好那些人很快就帶走暈倒的同伴，暫時化解了法蒂娜他們被發現的危機。

正當法蒂娜往外走時，卻反被一把抓住手腕、強行按到牆上。一隻握拳的手用力地捶在她身旁的牆壁上，發出「咚！」的一聲。

「妳到底有沒有把我的話聽進去？」

「既然這麼了解我，那你就應該知曉，我不是會輕易聽從的那種人。你應該比誰都還清楚，因為你可是從小看著我長大的——相馬時夜。」

話音一落，法蒂娜伸手扯下對方的面罩，一張熟悉的英俊臉龐落入眼簾。

「法蒂娜……這份固執，真的會讓妳受傷。」

相馬時夜只是再次嘆氣，口氣裡充滿無奈。

「與其說這些，不如解釋一下你為何會在這裡吧。而且還是『那個人』請來的護衛隊長？」

法蒂娜一點也不想多聽相馬時夜的勸戒，她只想知道自己想得知的情報。

「這裡不安全，我們先換個地方，那些人很快就會找上來了。」

相馬時夜確認外頭暫且無人後，便趕緊牽起法蒂娜的手往另一個方向走。

法蒂娜不疑有他，既然知曉對方是相馬時夜，她可以確定這個人不會傷害自己。

只是，對於目前還在會場的黑格爾……不知會讓那可憐的傢伙等多久。

不用猜想也知道，他此時肯定滿心焦慮地等待著自己……

她跟著相馬時夜往走廊的另一端走，不知過了多久，他才推開一扇門走了出去。

迎面而來的是戶外清爽的涼風。一來到外頭，感覺瞬間神清氣爽多了，不再有宴會會場那種令人窒息的氛圍。

法蒂娜迎著風，臉上的薄紗也被吹動，隱約露出她美麗的容顏。

相馬時夜也取下面罩，反正現在也沒有必要繼續隱瞞身分，他倒覺得像這樣比較好跟法蒂娜對話。

「法蒂娜，我都明白，也了解妳追查到這裡的目的。但我仍希望妳就此打住，這樣對妳來說是最好的。」

相馬時夜一開口就對著法蒂娜這麼說，表情嚴肅。

「既然如此，你也清楚我是為了追查害死姐姐的真凶而來。你是聰明人，早就知道我在懷疑『那個人』了，我反倒才要問你為何會在『那個人』的底下效命，擔任宴會的護衛？這是你該做的事嗎？堂堂一個國際刑警！」

這是當她得知黑衣人隊長就是相馬時夜後，當下第一個浮現的念頭跟猜疑。方才不適合當場質問，現在既然對方又再勸阻她，法蒂娜當然也要好好把握機會問個清楚。

「法蒂娜，法芙娜的死我也相當心痛，這份痛苦並不亞於妳。但是即便『那個人』真有嫌疑也好，也只是嫌疑不是嗎？」

「相馬時夜，我真的很納悶，為何你一直在替『那個人』說話？你當真是站在他那一邊的嗎？如果是，我真是看錯你了！」

法蒂娜有些動怒，她難得地對相馬時夜感到生氣。

「妳說的『那個人』僅僅是嫌疑人而已。而且『那個人』正在籌辦一件大事，是必須要有人協助才能達成的重要任務，事情不是那麼簡單。」

相馬時夜的眼簾低垂、若有所思，但口氣十分認真嚴肅。

「大事……是因為那件大事才被調查局的人盯上吧？我可不管『那個人』要做什麼，那都不關我的事。」法蒂娜斬釘截鐵地說：「我只在乎他是不是殺害姐姐的真凶——哪怕只是一點點嫌疑，也絕不會忽視，這就是我和你的不同之處！」

看法蒂娜如此堅決，相馬時夜這下總算徹底打消勸阻的念頭。

其實他早就知道，想要改變她的想法相當困難。或許在某種層面上，這跟「那個人」要做的大事一樣困難。

不，或許「那個人」要做的大事還比較有希望，至少現在他已經看到了曙光，反觀法蒂娜，應該是永遠都改不了吧。

「我早就明白自己是勸不動妳的……是不是因為，我在妳心中已經不再是獨一無二了？」

相馬時夜嘆了一口氣，低垂的視線再度緩緩上抬，重新對上法蒂娜的雙眼時，眼眸之中充滿淡淡的惆悵。

突然被這麼一問，法蒂娜有些意外。她眨了眨眼，顯然有那麼一點動搖。

「突然說這個幹什麼，以為我就會心軟退讓？」

「我不是這個意思，我只是感覺得出來，妳之前跟我說過的那些話已經變調了。」

法蒂娜回想起來，自己曾經向相馬時夜赤裸地告白過。

她還記得自己把話說得很直白，還要他給出一個明確的答案——究竟是為了她，還是因為虧欠姐姐而對她好？

這個問題明明曾經困擾著法蒂娜，也曾是她心中的一個疙瘩。現在猛然想起，居然已經變成「好像有這麼一回事」的感覺，已不足以左右她的心了。

法蒂娜這才意識到，原來自己真的變了。

她的眼裡不再只有相馬時夜一個人——不，更準確的說法，是變成了別人。

意識到這點的當下，法蒂娜難得地也說不出話來。把這副反應清楚看在眼中的相馬時夜，只是苦澀地笑了笑。

「我沒有責怪妳的意思，這一切都是我的錯。自始自終都是我的蹉跎造成的結果。」相馬時夜的聲音越來越沙啞，「我和妳之間確實存在著極大的差異，而我就是這種躊躇到最後才知道自己要什麼的人。我容易徬徨、容易迷惑，每每做決定時都為時已晚。對妳的感情，我想也是錯過了吧……」

法蒂娜聽著相馬時夜的話，深鎖著眉頭，她心裡百感交集，卻想不到半個字可以形容或表述。

「妳的心裡已經住進了另一個人，而我也清楚，始終都知道會是哪個人進駐其中……是我太遲了。」

「現在不是說這些的時候……」

「若此刻我不說，恐怕在這之後妳就更不願、也沒有更適當的機會聽我說了。」

相馬時夜搖搖頭，似乎鐵了心想把真心話一口氣說完。

「我曾經一度以為是因為法芙娜的關係，想要代替她多照顧妳、守護妳。直到妳幾番質問，以及看著妳這一路走來的艱辛後，我才終於恍然明白。」相馬時夜深吸一口氣，接續說：「原來我對妳的感情，並不是由於法芙娜的關係，而是我對妳——法蒂娜，我是真的喜歡妳。」

一陣風吹拂而過，將兩人的髮絲吹起，法蒂娜那頭如雪的長髮在空中飛舞。她舉起手，將凌亂的白髮勾至耳後，有如時間和世界都暫停了一般。

法蒂娜現在的情緒相當複雜。她曾經以為自己聽到這樣的話，會是開心雀躍的，可是此刻並非如此。

開心是有的，或許來得不是時候，但她並沒有終於等到答案的喜悅，更別說像偶像劇那種誇張的喜極而泣。那份心緒好像更接近恍然明白的感覺，除此之外還有難以言喻的矛盾感。

明明沒有刻意去想，腦海裡卻浮現黑格爾的面容。在黑格爾那張臉出現後，就連原本的一點點喜悅都沒了。

胸口變得有些悶澀，有些酸楚，有些不知所措，更有一種……好像背叛了黑格爾的感覺？

不對——現在不是想這些的時候，更不是聽相馬時夜說這些的時機。

法蒂娜深吸一口氣，讓冷空氣襲上腦門、強迫自己從感情的漩渦中清醒。

她竭盡所能地維持無動於衷的表情，對相馬時夜說道：「這些都等一切結束後再說吧。」

相馬時夜的臉上有著藏不住的失落，以及一份好像早就知道會有這種反應的無奈苦澀。

「是我一廂情願，在這種時機跟妳說了這些……抱歉，法蒂娜。」

相馬時夜別開目光，視線落在地面上，語氣帶著一股淡淡的淒涼。

「我才不管是不是你一廂情願，總之眼前有更重要的事要解決。」

法蒂娜自知這一席話會更加刺痛相馬時夜，但她從來不會溫柔地安撫他人。她向來都很清楚，自己之所以走到這一步、來到這裡的目的。

「相馬時夜，你究竟站在哪一邊？要幫我，還是繼續當『那個人』的走狗？」

把話說得非常直接，這才是法蒂娜的風格。剛才因為對方的告白而動搖，表現出一瞬間的軟弱，實在是太不像自己了。

「妳是不會讓步了吧，那麼我的答案只會讓妳失望而已……」

相馬時夜也沒有再多說什麼。

「那就沒什麼好說的了吧。」法蒂娜板起臉來，完全恢復平時冷漠強硬的神色，用著如同寒冬下的鋼鐵般冷澈的聲音說道：「讓開，你若執意要阻止我，就拿出和我對決的準備。」

「法蒂娜，我們真得走到這一步不可嗎……」

相馬時夜的眉頭深鎖，他抿著唇，面有難色。在那憂鬱俊俏的臉孔上，看得出他對於兩人對立的局面感到無比心痛以及掙扎。他握緊雙拳，即便只是旁觀，都能看得出他的痛苦。

對於一個才剛告白、吐露出真情的對象，馬上就要迎刃相對，這是多麼諷刺、多麼揪心啊。

相馬時夜其實早已知道，當他選擇要站在「那個人」這一邊時，這一天總會到來。只是他總想著將這一天繼續拖延下去，最好永遠都不會遇到……

可是現實就如此殘酷，他不得不去面對必須做出痛苦抉擇的這一刻。

「做不了決定嗎？那就閃開，別讓我們在這撕破臉。」

比起相馬時夜的優柔寡斷，法蒂娜顯得果斷許多。

她當然不是鐵做的，心口也會一抽一抽地痛。尤其是必須板著一張臉，故作無情地對相馬時夜這麼說時，所承受的情感壓力更加龐大，隨時都有可能潰堤。

正因為熟識眼前這個男人，法蒂娜知曉對方大概比自己更不知如何是好。

因此，既然總要有個人當壞人，那就由她來擔當這個角色吧。

至少往後再見到相馬時夜時，不會感到那麼沉重的罪疚……不管是復仇這件事，還是感情方面。

「法蒂娜，我——」相馬時夜深吸一口氣，法蒂娜從他臉上已經先看出了答案。

「我這一次不能讓步，請原諒我——」

相馬時夜的神情雖然帶著痛苦，眉宇之間也透出一股堅定。

法蒂娜笑了一聲，她多少預測到這樣的結果，或許這樣也好。

黑臉由她來擔任，由她來破壞這段關係，等待多年的感情就由自己親手毀去。

看著眼前暗戀多年的男人做出備戰姿態，她的胸口悶塞著難言的酸楚，但已經騎虎難下了，自己也有絕對不能退讓的理由，如果要戰便來戰吧！

「也好，我正期待這種結果呢。很久以前就很想知道究竟是你比較強，還是我技高一籌。」

法蒂娜也做出了準備迎戰的動作，即使胸口一直隱隱悶痛著。

正當劍拔弩張情勢緊張之際，忽然從後方的門扉傳來了聲響。

「找到你們了！」一群黑衣人突然闖入，其中帶頭的人直指著法蒂娜和相馬時夜大喊，「就是他，打量了我們的隊友！」

「隊長？可是為什麼隊長要這麼做，會不會是有什麼誤會？」

「沒……沒有誤會……」

一道虛弱的聲音從人群中傳出，是被人攙扶著的另一名黑衣人。這個人應當就是剛才被相馬時夜打暈的可憐蟲。

「我只是詢問隊長身後那個人是誰，想要進行檢查而已，就莫名其妙被隊長襲擊了……」被法蒂娜定位成「可憐蟲」的傢伙，用薄弱的聲音哀怨地訴說著。

所有黑衣人同時轉過頭，不敢置信地看著相馬時夜，那名相馬時夜手刀下的受害者又說：「我要盤問的那個人，就是現在隊長身邊的女性……」

「隊長，你和那位女性是什麼關係？她是什麼人？身為隊長，你無論如何都不該包庇任何人的！」

帶頭的黑衣人憤慨不已地質問相馬時夜。

「她只是誤闖的來賓，我認為事情沒必要鬧那麼大，但他無法理解我的用意，很抱歉當時只能採取較為粗暴的方式。」

法蒂娜有些意外，原本都要和相馬時夜開戰了，沒想到對方居然還反過來維護她……一想到這，胸口又有些痛了起來。

「你可是被老闆欽點的隊長，你應該知曉老闆找我們來，就是無論如何都不能放水啊！」

「那位女性，我好像看過那張臉……」

一旁的黑衣人同伴似乎看出了法蒂娜身分。

法蒂娜心想糟了，剛剛忘了重新把面紗戴好。

不過也罷——反正走到這一步，看上去是場避免不了一場戰鬥了。

再者，當初申請參加宴會時，身為主辦單位的「那個人」一定也看過她的資料。必須是福斯特伯爵的身分才有資格參加這場宴會，也就是說「那個人」早就知道她會來，只差別在對方有沒有察覺到她的意圖罷了。

不過就算此刻曝露了意圖也沒什麼關係了，反正遲早會讓「那個人」知道。

「我在新聞上看過，她就是那位豔名遠播的福斯特伯爵！」

另一名黑衣人十分驚訝地說出法蒂娜的稱號，顯然訝異為何這樣身分的人會出現在這，而不是待在會場接受招待與參與競標。

「既然知道我是誰還不快讓開？我可是受邀來參加競標的貴賓呢。」法蒂娜趁機對著這群狀況外的黑衣護衛隊說道，試看看能否蒙騙過去。

「這……這可不行！」帶頭的黑衣人起先有點猶豫，過了幾秒還是堅定立場，「就算妳是受邀而來的貴賓，但妳的行跡可疑。老闆交代凡是可疑人物，就算是來賓也不能放水。很抱歉，請福斯特伯爵和隊長務必跟我們走一趟。」

帶頭的黑衣人——姑且稱他代理隊長，轉而用稍微客氣的方式對著法蒂娜和相馬時夜說話。

「哎呀，我說你的部下還真是優秀，可真是貫徹職責呢。不愧是你帶出來的團隊，果然不通情理、也毫不通融。」法蒂娜將視線投向相馬時夜，帶著嘲諷的口氣說道。

「還不是妳闖出來的禍……」

「怪我囉？是誰先發現我，是誰先阻擋我？若沒阻擋我或許根本不會遇上這樣的局面。」法蒂娜感到有些不悅，皺了皺眉頭。

「若非妳如此不明智，怎麼會出現在那裡還被我發現？我不是再三強調，要妳別試圖調查『那個人』嗎，怎麼到現在還執迷不悟呢？」

在法蒂娜的挑釁之下，相馬時夜也難得動了肝火。兩人之間理念不合累積下來的衝突，終於要爆發了。

「真抱歉我就是執迷不悟，我就是為了姐姐而奮鬥到現在！」

「喂，那兩個人是不是自顧自地吵起來了啊？」

「就是啊，完全沒有把我們放在眼裡呢。」

「就算其中一人是隊長，我們也太被小看了吧……」

黑衣護衛隊傻眼地看著兩人鬧起內鬨，一時間不知該拿他們倆如何是好。直到代理隊長對下令，「我們不能被小看，我們可是有同伴被打傷了。必須讓福斯特伯爵好好說明才行！他們既然不聽勸說，現在就將他倆拿下！」

「遵命！」

「別來煩！」兩人異口同聲，完全同步。

吵得如火如荼的法蒂娜和相馬時夜同時轉過頭，對著襲擊而來的黑衣護衛隊大聲咆哮。

緊接著一場激烈的交戰迅速展開，相馬時夜和法蒂娜聯手對抗這群黑衣護衛隊。

無論是相馬時夜還是法蒂娜，在此之前都不曾想過會發展至兩人聯手的局面。

他們從未真正合作過，更沒有親眼見過彼此戰鬥的能耐。然而在這一刻，兩人卻合作無間，彷彿攜手作戰過無數次一般——熟悉彼此的動作，搭配得天衣無縫，精準地守住彼此的後背。

一眨眼的時間，他們以寡敵眾擊倒了大多數的黑衣人。只剩代理隊長以及另一名同伙還站在兩人面前喘著大氣，戒慎恐懼地看著這對男女。

「呼、呼呼……隊長身手之好我們早就見識過……」

黑衣人喘氣吁吁，頭冒冷汗地看著相馬時夜與法蒂娜。

同樣擺出防禦動作的代理隊長說道：「那個福斯特伯爵是怎麼回事？一名女

伯爵怎麼會對格鬥術如此上手……我想起來了，好像有聽說過她和我們認知的普通女性貴族截然不同……」

代理隊長的目光不敢移開，緊緊盯著前方危險的兩人，「福斯特伯爵是一名有狙擊技術執照、格鬥術執照，武藝相當精湛的人物！」

「什、什麼？那、那我們要怎麼打得贏他們？一個是隊長，另一個是這麼棘手的福斯特伯爵！」

聽到代理隊長這麼說，黑衣人驚嚇得臉色更為蒼白了。

「也只能硬著頭皮賭一把了，雖然我不是很想這麼做！」

代理隊長迅速掏出一把槍，對準了相馬時夜和法蒂娜。

「不准動！若還不束手就擒的話，就算你是隊長或福斯特伯爵，也請恕我手下不留情了！」

為了證明他不僅是威嚇，代理隊長還將子彈上膛，隨時準備扣下扳機。

「這、這樣好嗎？對方再怎麼說也是伯爵的身分……」

黑衣同伙膽顫心驚地看著代理隊長，如果一個不小心真要了伯爵一條命，恐怕不是他們這種普通人承擔得起的啊！

「這是我們的職責，不能因為對方的身分尊貴就讓步——你說對吧，隊長？這還是你再三叮嚀我們的。」

代理隊長雖然十分緊張，仍堅持將槍口繼續對準兩人。

「看來你的教育還真是成功呢，隊長。」法蒂娜先是看著代理隊長，再將目光投向相馬時夜，「你說這下該怎麼辦？」

「我不會讓妳受傷的，至少不能是我以外的人傷害到妳。」相馬時夜壓低嗓音，認真嚴肅地回答法蒂娜。

「還真自以為是，你當我是塑膠做的嗎？這麼容易就受傷？」

雖是這麼回嘴，但實際上法蒂娜還真有點在意若對方扣下扳機，她躲過子彈的機率是否真有那麼高。

法蒂娜屏氣凝神，看著隨時可能發射致命子彈的槍口，不斷思考著要如何躲過這一劫。

「隊長，你明白我必須這麼做。我數到三，在時間內你們還是沒打算束手就擒的話，就恕我失禮了！」

代理隊長的手有些顫抖，還是盡可能地不讓兩人察覺。要他不緊張是很難的，即便他是老闆精挑細選進來、受過訓練的菁英，但他清楚自己面對的目標是比自己還要厲害的隊長，另一個則是身手意外矯健的福斯特伯爵……

說實在，就算一槍在手，還有同伴支援，他也沒把握可以掌控眼前的局面。如果可以就這樣虛張聲勢，讓他們願意收兵配合的話，就再好不過了……

「法蒂娜，妳的意思呢。」面對著槍口威脅，相馬時夜仍一臉鎮定地問法蒂娜。

「你覺得我會怎麼回答？你還不夠了解我嗎？」

「也是，我真是白問。」

相馬時夜短促地笑了一下，他這一笑看在代理隊長眼中，簡直刺眼到不行。都什麼情況了，這兩人居然還一副雲淡風輕的模樣？

簡直可怕，這兩人無論是哪一個都太可怕了。

代理隊長深吸一口氣，繼續貫徹他的職責，「開始倒數，三──」

對面的目標依然不為所動，身邊的同伴反而更為緊張。

「二──」

第二聲，代理隊長自己也更為緊張了。為何這兩人還不趕快投降，難道真要他開槍嗎？

「我、我真的會開槍！不是說說而已，隊長跟福斯特伯爵！」在說出最後一個數字前，他表情猙獰地大喊。

「你做得很好，比我預期的好多了，確實有資格做代理隊長。」

當相馬時夜這麼說時，代理隊長的眼珠簡直都要掉了出來。

啥？這種情況居然還有心思說這種話，隊長會不會太過分了？還是真的沒把他看在眼裡？

他本來還有些膽怯，這下反倒被激怒了，「別以為我不敢，一！」大喊而出最後一個數字，代理隊長扣下了早就蓄勢待發的扳機。

子彈殘影劃破空氣，高速射向目標。

他瞄準的是比較接近的法蒂娜，眼看她就要被射中，相馬時夜的瞳孔瞬間收縮，立刻做出動作。

法蒂娜只覺得一瞬間整個人往旁邊傾斜，一個重心不穩差點踉蹌跌倒。同時有一道挾帶殺意的冷風從身旁掠過，她立刻回頭一看——

跳入眼簾內的，正是子彈打中相馬時夜的剎那。

法蒂娜當下恍然明白，原來是相馬時夜推開自己，不顧自身安危替她接下原本會射穿自己的子彈。

「相馬時夜……！」法蒂娜睜大雙眼，看著被子彈射傷的相馬時夜，對方的右肩流出汩汩鮮血。

「別管我……快走！」他不顧自身傷勢，只是忍著痛叫她快點趁機逃走。

「你這笨蛋！」法蒂娜緊咬牙根。

雖然有幾秒的動搖，但眼看開槍的代理隊長及其同伙似乎快從錯愕中恢復，她曉得自己不能再猶豫了。

倘若自己留在這，只是讓相馬時夜白白挨這槍而已。至少她要逃走，才不會讓相馬時夜的血白流。

「我不會有事的，快走！」相馬時夜的催促聲再度傳來，從聲調聽得出他其實在強忍痛楚。

法蒂娜心一橫，胸口一緊，伴隨著痛楚轉頭就跑。

雖然不願這麼想——真的是對不住了，相馬時夜。

「快追！福斯特伯爵要逃走了……！」

黑衣人同伙察覺法蒂娜就要逃離，趕緊出聲叫醒還在驚駭之中的代理隊長。

「我、我不能讓妳逃走……！」

代理隊長趕緊振作起來，轉身將槍口瞄準法蒂娜之際，卻感覺自己的頸子被人從後方一勒。

「我不會讓你傷害她的……」

即便身上帶傷，相馬時夜仍拚命阻擋代理隊長，他肩上的鮮血沾上了對方後背，染紅了一大片。

「隊、隊長……你為什麼要做到這種地步？為了那位福斯特伯爵……！」

就算相馬時夜身負槍傷，力氣之大仍是讓代理隊長一時間難以脫困。他實在太納悶了，為何隊長會為福斯特伯爵做到這種程度？

另一名黑衣隊友眼看代理隊長被困，只好自己一人去追法蒂娜。

「我也不明白為什麼，可能失血過多腦袋壞了吧……」相馬時夜的嘴角彎起一抹苦笑，「我只知道，無論是我的內心還是身體，此時此刻只想替她這麼做而已……」

哪怕是法蒂娜的心已經不在自己身上——

如果要他再重新選擇一次，他仍是會這麼做吧。

法蒂娜衝進飯店側門，不斷加速往前跑，甚至沒注意踢到了東西、意識不到痛覺。

她告訴自己得冷靜，可是滿腦子都是相馬時夜的身影，以及對方身上因她而流出的駭人鮮血。

「可惡……」法蒂娜咬著牙根，不甘心地罵了一聲。

一切都發生得太過突然，太過戲劇化。

她氣相馬時夜什麼時候不對自己告白、不給她過去一直想聽的答案，偏偏挑這種時候說出口，害她的心思被擾亂；她也氣相馬時夜什麼時候不做傻事，偏偏挑她為此動搖的時候，替她擋下子彈還協助自己逃走。

這麼一來，不就是逼她背負更多自責感嗎？

再說她向來就討厭欠人情，這下這筆還不大嗎？

「可惡、可惡……怎麼這麼沒用！」

法蒂娜煩躁不已，生氣的對象與其說是相馬時夜，更確切地來說應該是自己。

好不容易穿過重重走廊，終於聽到會場主持人聲音的法蒂娜，趕緊一鼓作氣推開通往會場的門扉。

「法……K夫人？您怎麼去了那麼久，發生什麼事了對嗎？」黑格爾一見到法蒂娜，馬上擔憂地詢問。

這段時間，他還真的被問起法蒂娜為何不在座位上，因此也只好讓那個上廁所之類的理由派上用場……這讓黑格爾頗為尷尬。

不過，那些都沒有眼下自家主人的神情更讓他擔心。

法蒂娜離開這麼久，回來又是面紗不整、長裙破損的模樣，讓黑格爾很難不在意。在法蒂娜離開的這段期間，肯定發生了什麼事，恐怕得馬上應急處理才行。

「我們得找機會現在就離開這裡。」

「什麼？可是我們好不容易潛入宴會，不是要找『那個人』的線索嗎？」

聽到法蒂娜壓低嗓音這麼說，黑格爾頗為訝異。

「情況緊急，能夠盡快離開是最好的。你快點想一想，有什麼方法可以離開且不易被發現？」

「讓我想想……啊，剛剛主持人有提到，等會是中場休息時間。若趁中場休息時間，來賓都離開位置走動的時候，我們趁機溜出去如何？」

「就這麼決定。」法蒂娜拍了一下黑格爾的肩膀後坐回位置上，但依然神情緊繃地不斷用目光掃視四周。

黑格爾雖然擔心，但以當前的情況，還是保持冷靜等待中場休息，離開這裡後再找時間問問吧。

很快地便來到中場休息時間，眼看四周的賓客開始陸續起身走動，法蒂娜和黑格爾立刻小心謹慎地跟著起身，混入人群之中前進。

不過他們的方向和其他人不一樣，大多數來賓都是前往洗手間的方向，只有他倆是鎖定出口的位置。

為了掩人耳目，法蒂娜和黑格爾必須刻意穿梭在人群中，藉由他人來掩蓋自己的身影。同時法蒂娜也注意到入口處出現另一組黑衣部隊，他們顯然已經追到這裡，也懷疑她要逃跑了。

一看到那些人，她腦海裡不禁浮現出相馬時夜受傷的模樣，不知道那傢伙現在狀況如何了？不對，現在不是想這個的時候。相馬時夜肯定沒事，他的生命力很強，不用擔心。

目前為止一切順利，他們藉由人群掩護，終於踏進通往出口的走廊。

法蒂娜想到大門外的那兩名警衛，於是命令黑格爾，「門外可能會有警衛守著，我們一人迅速解決一個，聽到了嗎？」

「遵命。」黑格爾馬上點頭答覆。

確認接下來的行動後，兩人迅速通過昏暗的走廊，果然在出口看見兩道身影戒備著。

法蒂娜與黑格爾互看一眼，接著迅速行動——

碰碰！兩道身影應聲倒地。

趁著還沒人發覺，這對主僕將暈倒的警衛拖到無人看見的死角，摘下面具和面紗丟到一旁的垃圾桶，若無其事地走出大樓。

「呼——法蒂娜大人，現在能告訴我，您離開的那段期間究竟發生了什麼事嗎？」一上計程車，黑格爾就關切地問道。

法蒂娜早就知道黑格爾一定會問，她也沒打算隱瞞，便將事情的經過娓娓道來。

「相馬時夜受僱於『那個人』，但是他又協助您離開？這究竟是……」黑格爾一臉難以理解。

每當他聽到相馬時夜這個名字，心中總會感到一陣複雜，有種酸澀感、以及他始終不願承認但也清楚的敵意……不，應該說是嫉妒。

黑格爾知道那人是法蒂娜大人最為在意的異性，在法蒂娜大人心中總是占有一席之地。

過去聽到這名字時，黑格爾只會感到有些自卑。如今在經歷和法蒂娜大人的種種，尤其是那一次次加深彼此心意的吻後，他多了能夠贏過對方的自信。

但眼下不該將兒女私情牽扯其中，得先弄清楚前因後果才行。

「老實說，我也還沒看透全盤事態，但大概知道那傢伙為什麼會選擇站在『那個人』那邊。他說『那個人』打算做一件大事，為了那件大事，相馬時夜決定支持對方。」法蒂娜又說：「至於，為何會協助我……」

她腦海裡浮現的，是相馬時夜向自己告白的那一幕。

一想起來就覺得揪心，但面對黑格爾她也說不出口，只會增加沒必要的困擾而已。

「相馬時夜為何要協助您呢?法蒂娜大人不是說他選擇站在『那個人』那邊

了嗎？」注意到法蒂娜似乎刻意停頓，黑格爾更加好奇地追問。

「咳，總之那不重要。」法蒂娜故意清了清喉嚨，撇過頭看向車窗外的景色。

「等等，怎麼會不重要呢？必須得弄清對方的意圖啊？」

黑格爾知道這明顯是在逃避，這讓他更想知道答案了。

「我就說那不重要了，沒聽清楚嗎？窮追猛打一點也不討人喜歡。」

「法蒂娜大人您在說什麼啊，這是兩碼子事吧？」

黑格爾一臉愕然，他越發覺得事有蹊蹺。

法蒂娜大人越是這樣遮遮掩掩、閃避話題，就越是有問題！

「少囉唆，我命令你別再問了，給我閉嘴！」

法蒂娜終於使出了殺手鐧。雖然黑格爾極度想追問下去，不過自家主人都使出了命令這一招，他再怎麼不願意也只好心不甘情不願地閉上嘴巴，強吞下追問的欲望。

會讓法蒂娜大人端出命令來強行止住他的嘴，絕對非常有問題。在他待在拍賣會場的期間，相馬時夜跟法蒂娜大人之間肯定發生了什麼！

一種不甘的感覺，讓黑格爾強烈地反胃，嫉妒的火燒心感不斷持續。

倘若相馬時夜現在出現在他面前，黑格爾大概會二話不說直接揪起對方的領子，先逼問一番再說吧。

啊，愛情真是令人煩惱——

這不只是黑格爾的心聲，也是此刻心煩意亂地看著窗外的法蒂娜的心聲。

The Villain Earl's
Discipline Diary

第六章

「做得很好，伯爵大人。」

向隆看著法蒂娜傳來的照片，眼睛發亮、大力地稱讚。

「用不著這種無謂的誇獎，倒是我只有拍到這些，真能派上用場嗎？」法蒂娜看著坐在對面的向隆，蹙著眉頭認真地問道。

「已經是很大的進展了，我美麗的伯爵大人啊，果真只有妳才能做到。我底下的人都沒法掌握到這麼強而有力的證據，果然跟妳合作是對的。」

向隆再次讚揚對方，從臉上的笑容來看，似乎所言不假。

「就說給我省去那些無聊的讚揚了。所以你打算怎麼處理這些照片？這樣真能繼續追查『那個人』嗎？」

法蒂娜雙手抱胸，翻了個白眼。她向來不喜歡別人奉承，就算是真心的讚美也覺得多餘。

她只要重點，只要有用的情報，好聽話真的可以省下別浪費時間。

「當然可以，這對我們有很大的幫助啊，伯爵大人。」

向隆一邊說一邊將身子往前挪，拉近和法蒂娜之間的距離。

他將電腦螢幕轉到法蒂娜的方向，對著她解釋，「妳看這些照片，不是拍到了許多鈔票嗎？」

「就算這樣也不能證明錢都是進到『那個人』的口袋吧？」

法蒂娜狐疑地看著向隆。

「我不是要證明這些錢進到『那個人』的口袋。」

「那你打算利用這些照片做什麼？」

「妳仔細放大看，這些鈔票上是不是都有一行編碼？」

向隆把照片的解析度放到最大，確實有一行數字編碼。

「各國鈔票上都有這種編碼，這我知道。」

法蒂娜看了被放大的照片一眼後，又將目光投往向隆。

「這些編碼可重要了，伯爵大人沒忘記我們是調查局的人吧？」

「我怎麼可能會忘。」

「只要透過我們機關的調查，就能利用這些編碼追蹤鈔票的去向——也就是說，我們接下來就可以知道這些錢用在何處，又或者進到誰的口袋。」

「原來是這麼一回事……」法蒂娜恍然。

「不過依我對目標的了解，這些錢應該不是單純成為私有財產，他不像是那樣的人。」

「難得跟你有共識，我也這麼認為，老實說我真搞不懂他為何需要如此大費周章地弄來這筆錢。」

就算退一百步說，假設「那個人」真是殺害姐姐的凶手好了，要封口費或者安頓知情人士之類的，應該也用不著這麼多錢。

她沒有精準估算過當時現場有多少錢，不過假設透過非法競標拍賣賺錢的情況已經持續一陣子，那絕對是非常可觀的一筆金額，說是逼近地方政府十年的稅收，可能也不為過。

法蒂娜是這麼想的，她認為向隆大概也跟自己想得差不多。

「那就太好了，我還以為只拍到這些照片沒多大幫助呢。」

法蒂娜說完，便打算起身離開。

「放心吧，我很有信心。當然我會跟妳分享情報，待我們追蹤出那些錢的去向後，我會再通知妳。」

「既然你都這麼說了，那就等你的好消息。」

法蒂娜轉過頭去，朝向隆一笑後，雙手插在口袋裡瀟灑地離去。

在踏出咖啡廳時，法蒂娜的腦海裡響起一個聲音。

就快了——追查多年的謎團終於就快解開了。

法芙娜姐姐，請再等一下，她法蒂娜必定會還給妳清白。

眼前是一大片落地窗，讓人可以從高處俯瞰整座城市風貌。大片的日光斜斜地射進室內，將本來就潔白近乎無瑕、卻帶點冰冷質地的辦公室照得稍有暖意。

在這寬敞的空間內，僅有一張辦公桌、一張椅子，以及背對著落地窗坐著的人。

敲門聲響起，隨後就得到坐在辦公桌前的身影回應，「進來。」

打開門扉，走入這間辦公室之人，正是相馬時夜。

映入他眼簾的身影背對著光源，很難看清對方的面貌。不過就算遠遠的，也能感覺到眼前這個人散發著一股強勁的氣勢。

對方雙手放在桌面上，十指交叉，沉著臉等待他的到來。

相馬時夜自認見識過不少大場面，就他的工作性質，三教九流大多都接觸過。

可是唯獨眼前的這個男人，即便是自己也多少有些緊張拘謹，會格外小心並且戰戰兢兢。

這不是出於恐懼，而是來自對方所散發的氣場，縱使還未開口說話，也能讓他感到壓迫。

每每見到這個人，相馬時夜就會想起世人給他的稱號——

「鐵血宰相，感謝您願意接見我。」

相馬時夜主動開口，叫出了對方的名號，也是在同一時刻，對方緩緩地抬起頭來。

「相馬時夜，我對你很失望。」

人稱獅子心共和國的鐵血宰相，擁有如此強勢稱號的男人——赫滅，一開口就是毫不修飾的回應。

「真是抱歉，但我不後悔自己的所作所為。」

相馬時夜很清楚為何對方會這麼說，本來此次就是專門來負荊請罪的。

「你跟福斯特伯爵交情非淺，當我知道她來到會場時，就想過會發生這種情況。」

赫滅用著異於常人的低沉嗓音，回應相馬時夜方才的話。

「聽起來您似乎早就預料到了，卻還放任這樣的事發生。」

「沒錯，我想做個測試，也確實得到了結果。」

「您想測試的是我，還是法蒂娜？不對……」

相馬時夜停頓了一下，深吸一口氣，思考過後得到另一個答案，「您想測試的，是我和法蒂娜。」

「你真是我招來最聰明的菁英，相馬時夜。看在這份上，先姑且原諒你在競標會場的作為。」

赫滅從容地側過身，身後的日光終於稍稍照亮他的側面輪廓。

冷峻的神色，如刀削斧砍、有稜有角的深邃五官。男人的雙眸炯炯有神，如鷹般銳利，彷彿可以一眼看透一切。渾身上下散發著威嚴，令人在他面前不禁正襟危坐，隨時都不敢鬆懈。

作為蘭提斯大陸上最富聲望與權力地位的男人，只能說是非常合適。

相馬時夜看著眼前之人，年約四十卻精神飽滿、威勢逼人，有時不得不懷疑是不是因為對方散發的氣勢，才讓他不自覺地選擇站在這一邊。

不過現在追溯原因已經不再重要，就算對方氣勢強勁，但真正打動自己的並非單純如此，而是這個男人想要成就一番「大業」的野心。

「感謝您的寬容，宰相大人。」相馬時夜冷靜地回應。

他一點也不怕受罪，更不怕被懲罰，早在決定出手幫助法蒂娜時，他就做好了心理準備。

既然平安無事，就算自己好運躲過一劫吧。

「相馬時夜，你真是個特別的人。就是如此，即使明知你會幫助對我有所威脅的人，我依然想把你留在身邊。我只問你一件事……」

「您是想問若是在重要關頭，『大業』跟法蒂娜……我會選擇哪個對嗎？」沒給赫滅問出口的機會，相馬時夜直接挑明。

「既然知道，那就直接回答如何？」

「我的答案是——」相馬時夜深吸一口氣，板著一張臉，「在遇到那樣的情況前，我無法告訴您答案，因為就連我自己也不清楚。」

「是嗎，那還真是難為你了。」赫滅倒也沒有太意外，只是淡淡地回應。

「宰相大人只需要知道，我是支持您的。但只要與法蒂娜扯上關係，我便無法給您任何保證。」相馬時夜十分直白，把醜話說在前頭。

「我想也是。那好，你可以離開了。」赫滅站起身，雙手交疊在背後，側臉對著相馬時夜說：「在你必須抉擇之前，就讓我好好利用你的力量與能耐吧，相馬時夜。」

「請儘管用盡我的力量，因為你的目標是那麼的遠大——」

相馬時夜沒有半點猶豫，語氣真誠，好像真的要把所有一切掏心掏肺地攤在赫滅面前。

當然這是在不需要抉擇的前提下。

在這一刻，赫滅那張總讓人感到威壓的嚴肅面容上，終於出現一抹淺淺淡淡、幾乎不存在的微笑。

「那就和我一起成就大業吧，別讓女人絆住你的腳步。」

相馬時夜沉默地領首致意，板著一張臉轉身離開。

就在他即將踏出門時，後方再次傳來赫滅的聲音。

「你不想問我嗎？關於福斯特伯爵在意的事。」

這句話讓本來將要推門而出的男人停下腳步，一手懸空愣著。

沉默延續了一會後，被問之人這才出聲回應，「您會給我真正的答案嗎？」

「你認為呢？」相較於相馬時夜周身瞬間凝結的沉重空氣，赫滅依然是毫無改變的淡定。

「我想您不是那種人。」

「哦？你認為我不是凶手？」

「不，您誤會我的意思了，宰相大人。」

這個答覆讓赫滅的眉頭往上挑起。

「我的意思是，關於真相您我心底都有答案，差別在於我不願相信。」相馬時夜沒有回頭，靜靜地說道，「至於我說的您不是那種人，是指您不是會在這時間點告訴我真相的人，因為無論您說什麼，都會影響我們的合作關係。」

後方只傳來赫滅輕輕的笑聲，兩人之間沒有再進行多餘的對話。

在離開辦公室的當下，相馬時夜的腦海裡只有一個念頭。無論真相如何，他只想快點有個結束、讓一切塵埃落定——

使赫滅的大業得以成功，又或者……

自己下定決心接受殘酷的真相，選擇與法蒂娜站在同一陣線。

既然現在的自己搖擺不定，那就順其自然，讓時間與上天來替自己決定吧。

法蒂娜接起了電話，此時正值深夜時分，但她一看到來電顯示是向隆，立刻睡意全消。

「伯爵大人，接得還真快，沒在睡嗎？」

「你在這時間吵醒我，叫我怎麼睡？有話就快說吧，你不像是這麼不知趣故意打擾人的傢伙。」耳邊聽著向隆的聲音，法蒂娜回嘴道。

「真是很瞭解我啊。沒錯，正是為了『那個人』，也就是為了我們的共同目標——鐵血宰相赫滅的事。」

「查到那堆錢的去向了？」法蒂娜直接挑明。

「是的，但遺憾的是，流入的帳戶並非赫滅所有，所以目前還不能當作鐵證將他逮捕起訴。」

「那你打這通電話又有何用？」

正當法蒂娜想再補上一句「別浪費我寶貴的睡眠時間」時，很快就傳來向隆的回應。

「別急，雖然那些錢不在赫滅的名下，但我們可能找到了規模更大的事件……再說，這些錢確實是從他舉辦的拍賣會流出，肯定與他有關。」

「規模更大的事件？說來聽聽。」

法蒂娜覺得頗有道理，即便沒有直接證據，但這些錢確實和赫滅有關。

「妳知道這些錢，最後都用在哪了嗎？」

「就是不知道才要問你啊，別浪費我的時間。」法蒂娜沒好氣地催問。

「赫滅真是讓我開了眼界，真不知道該說他是野心大，還是真的願景如此偉大，為了整個蘭提斯大陸的發展……」

「你這話是什麼意思？就不能直接說明嗎？」

法蒂娜皺起眉頭，感覺自己的耐心都快被磨光了。

「那些錢，經過我們追查後，找到一個共同帳戶。」

向隆在電話另一頭低聲地說出答案，法蒂娜的雙眸瞬大，倒抽一口氣，腦海內的轟轟聲響有些混亂，但同時也想起了什麼。

「喂？法蒂娜，妳還有在聽嗎？」向隆納悶地呼喚。他等了片刻，但對方毫無回應。

法蒂娜的思緒全都混雜在一塊，她想起相馬時夜跟自己說過的話。他說他之所以選擇站在赫滅那一方，正是因為赫滅想做一件「大事」。

是能夠改變整個蘭提斯大陸的創舉——

當時她還不懂相馬時夜究竟是指什麼，直到現在向隆告訴自己那一大筆資金的流向後，她總算恍然理解了。

所以相馬時夜是為了那件大事，選擇不替姐姐找出凶手、查清真相嗎？

所有複雜的念頭跟疑問都在法蒂娜腦海裡翻攪，此時向隆又接著說下去。

「我不清楚赫滅要做的事，跟妳在查的真相是否有關聯……但若是妳一路追著線索而來，已經到了這種程度，就要有心理準備了，法蒂娜。」他的口氣一轉，變得格外嚴肅，「恐怕妳姐姐的死，是捲入了很大的事件之中，而妳要揪出的真凶，也將比預期的更難對付。」

「打從我鎖定赫滅作為『清單』上最後一個嫌疑人時，就有這個心理準備了。」

面對向隆的警告，法蒂娜反而很冷靜。

「無論是不是捲入什麼大事件之中，我要的只有真相、只有替姐姐洗刷冤屈。所以告訴我吧，既然查到這筆錢的流向，你們打算怎麼做？」

「真難得妳會用這種略帶懇求的口吻跟我說話呢，法蒂娜。看在這溫柔的口氣上，我就告訴妳吧——但是，妳得答應不能亂來。」

「快說，我不會跟你做任何保證。」

「唉，我想也是。不過，我想妳是有權參與其中的……我不會告訴妳我們接下來的行動，但可以讓妳知道接下來能鎖定的目標。

「如果妳真的下定決心，無論如何也要查出赫滅和妳姐姐之間的真相的話。」

向隆心知很難阻止法蒂娜的決心，縱使自己不提，這個女人也會想盡辦法挖到消息。

與其讓她胡亂打草驚蛇，不如主動透露一點，讓她有方向卻又不會涉入太深……向隆是這麼想的。

「我們接下來打算在……」

他透過電話，低聲在法蒂娜的耳邊說著。而法蒂娜屏氣凝神地聆聽，心裡同時盤算著下一步的行動。

「最近都是這系列的相關報導呢……法蒂娜大人，您有任何看法嗎？」

前天正式辭掉王宮清潔人員的偽裝工作後，黑格爾總算有時間在早上悠閒地觀看電視新聞。

「黑格爾，你做好心理準備了吧？」

「什、什麼心理準備？法蒂娜大人您突然在說什麼？」

明明還在談論赫滅宰相即將出席動力管道工程開工典禮的電視報導，沒想到竟然被自家主人這麼一問，黑格爾有些反應不過來。

「就是跟我去這場動力管道工程的開工典禮。」

「原來是這件事啊，我還以為您打算做什麼危險的事呢……是說，法蒂娜大人您收到了出席典禮的邀請嗎？」

黑格爾鬆了一口氣，剛剛心臟差點都停了。

新聞報導說，貫穿整個蘭提斯大陸、遍及各國的動力管道工程終於要開工啟動，預計在明天舉行剪綵儀式。身為這場大型計畫的主辦人，赫滅宰相當然會盛裝出席。

這陣子以來，各國媒體都針對此事進行大量相關報導，只是前陣子黑格爾太忙碌，沒有時間可以好好坐在沙發上看晨間新聞。

聽說開工典禮當天，那個無能的好色王子亞綸也會作為貴賓出席。畢竟獅子心共和國的王室代表就是他，說什麼也都得為赫滅站個臺才行。

「誰需要那張邀請函了，我有說要出席典禮嗎？我是要你跟我去這場典禮。」

法蒂娜撥了一下垂至胸前的雪白長髮，甩至身後。

「法蒂娜大人的意思是……我懂了，您是叫我隨您強行闖入對吧？這果然是您的風格呢。只不過我們去這場典禮是為了做什麼？」

法蒂娜的嘴角往上一勾，「這次是最後一次執行對『清單』目標的行動了。」

聽到法蒂娜這麼說，黑格爾心裡大致就有個底了。

他不清楚法蒂娜大人和向隆在電話裡談了什麼，但他曉得當自家主人這麼說時，代表真相將在這場開工典禮水落石出。

尤其是看到法蒂娜胸有成竹的笑臉，黑格爾便更加確信。

終於等到真相露出曙光的這一天，法蒂娜大人的復仇之路也將要走到盡頭，黑格爾心中百感交集。

由於和法蒂娜之間已經跨越了從屬關係，更得到了法蒂娜的允諾與「訂金」，他此刻對於終點是期待勝過擔憂。

黑格爾不敢此時就開始幻想查出真相、復仇計畫落幕之後的生活，他怕太過美好、美得冒泡，倘若無法如願以償時會更加痛苦。

他黑格爾目前該做的就是——

「法蒂娜大人，我會與您並肩奮戰到最後，與您一起見證真相揭曉，並陪在您身邊懲罰真凶。」

「我知道，我一直都知道。」法蒂娜聞言又是笑了笑，這次綻放在她臉上的笑容更加璀璨且溫暖。

「做好萬全準備吧，黑格爾，我們好好大幹一場——查明真相後的『獎賞』我是不會少給的。」

法蒂娜一邊說，一邊走向黑格爾，忽然毫無預警地彎下腰。黑格爾還沒反應過來，一個輕輕的吻，就如花瓣一般落在他的額頭上。

「這是我的允諾，黑格爾。」

輕聲細語的這一句話，如同方才印在額上的吻那般清爽純粹。

此時此刻，黑格爾只能在心中期盼著明天快點到來，讓一切都快點落幕。

動力管道開工典禮在今日如期舉行，原先以為會遇上天候不佳、下大雨的狀況，老天卻很賞臉，放了個大晴天。

典禮會場陸續湧入人潮，嘉賓滿座。會場是獅子心共和國內最高級的大飯店，據說是赫滅與獅子心王室共同出資建造。

同時這間大飯店也是號稱獅子心共和國內保安措施做得最好的一家，正因如此，有這麼多各國政要到場的場合，才會選擇在此地舉辦。

除了權貴來賓，還有更多來拍攝、報導與見證這項偉大工程啟動的媒體與人民。

現場大多數人都是懷抱著希望與期待、加上一點湊熱鬧的心而來。

唯有法蒂娜和她的伙伴黑格爾，雖然同樣盛裝打扮，各自穿上開衩黑色長裙禮服以及黑色燕尾服，卻懷著與周遭截然不同的心態。

他們選擇這種風格的正式服裝，除了配合充滿貴賓的典禮外，還另有原因。這次比起先前參加拍賣會那時，法蒂娜和黑格爾更加做足了準備。這兩件衣服底下暗藏玄機，但現在還不是把底牌亮出的時候。

法蒂娜站在人群中，貴為伯爵的她已事先謝絕所有招待，只想和黑格爾安靜地待在一旁，因為她可不是來參觀典禮的。

來參加這場典禮完全不需要報備身分，她也不在受邀的貴賓名單之中。但是法蒂娜曉得，赫滅肯定知道自己會來，會場四周的戒備也依然森嚴。

也好，這樣做起事來才顯得更刺激，更符合她法蒂娜的風格。

看了一下手表，差不多已經快到典禮開始的時刻，她回過頭對著黑格爾下令，「準備行動。」

「遵命，法蒂娜大人。」黑格爾立刻回應。

現場響起隆重的音樂和掌聲，法蒂娜看著參與動力管道工程的重要人士紛紛上臺——最主要的計畫主持者赫滅也在其中。

她放下手中的酒杯、邁開步伐。行動開始——

黑格爾立刻跟上，兩人穿梭在人群之中，往另一側的逃生通道前進。

行動的第一步，是進到飯店大廳左側的防火逃生門後。

這次的行動是根據昨日向隆傳過來的飯店內部地圖制定。

依照向隆的說法，赫滅今天是來啟動動力管道工程的，而最重要的啟動開關，又或者該說是裝置，依照調查局判斷，以赫滅的作風是不會隨身攜帶的。

目的就是為了避免有人劫持赫滅，威脅停止啟動。畢竟除了調查局跟法蒂娜以外，也有部分在野政黨及環保人士似乎知道些什麼而反對工程。

過去也曾發生過幾起零星的抗議活動，但通常不受到注目，也很快就被壓制下去，始終沒有得到太多人關切。

今天這些人有沒有到場抗議，法蒂娜不得而知，但她很清楚目標並不是臺上的赫滅本人——而是能夠威脅控制赫滅的最重要之物，也就是啟動動力管道工程的裝置。

只要將它拿到手，在這種重要的公開場合之下，赫滅肯定得妥協。

也就是說，不管動力管道工程成功與否，都與法蒂娜無關，她向來唯一要的只有當年的真相。

若向隆給的情報無誤，啟動裝置應該就藏在這棟飯店的某處。

這座飯店的所有逃生通道都有互通，連結著每一個房間。也就是說就算存放裝置的房間十分隱密，也能透過通道設計的漏洞潛入。

現在法蒂娜和黑格爾順利地完成行動的第一步。對於第二步，黑格爾看向自家主人，他相信法蒂娜肯定胸有成竹。

「逃生口後有一處暗門通往ＶＩＰ保險櫃。根據我的猜測，赫滅應該是把東西藏在那個地方，我們必須盡快找到才行。」

法蒂娜打開手機，點開先前儲存的飯店藍圖。雖然上頭並無標示ＶＩＰ保險櫃儲存處的位置，但可以提供一點線索。

「您對保險櫃儲存處的位置有頭緒嗎？」

「向隆那傢伙只給我片面的情報，我想他是刻意不想讓我亂來，或者是想拖延我的時間。我猜調查局也在今天行動了。」

法蒂娜搖搖頭。就算向隆沒明說，她也能大致猜到。

畢竟今天可是能夠一舉拿下赫滅的最佳時機——一但錯過，可能就會前功盡棄，甚至讓赫滅完成了他的「大業」。

「也就是說，我們必須地毯式的搜尋吧。其實我不太懂，赫滅的『大業』究竟是什麼，就是這個動力管道工程嗎？」

如果要逐一搜索每一扇門，肯定得費上一番力氣，黑格爾在來到飯店前就做好了心理準備。

他們把握時間，開始搜尋可以通往ＶＩＰ保險櫃儲存處的暗門。好在目前逃生通道中幾乎沒什麼人，只有幾個不小心誤入的房客，或者工作人員在偷閒抽菸而已。

看到這個景象的黑格爾心想，看來這家飯店的保全也沒有做得像外界說得那麼好嘛……

「赫滅的『大業』絕對跟動力管道工程脫不了關係，這可是一項貫穿整個蘭提斯大陸的浩大工程。如果真如官方所說，那應該是個對整體大陸人民有利的好事……」

「但您認為這其中沒有這麼簡單對吧？」在法蒂娜欲言又止時，黑格爾替她說完接下來的話。

「如果是正當的事，又為何需要搞出個地下拍賣會？那種事情怎麼看都是非法行為，讓赫滅不惜做出這種事也要湊到錢，這事絕對有蹊蹺。」法蒂娜一邊依序查看各個門扉，一邊回應黑格爾的問題。

「確實，怎麼想都不對勁。不過除了這個，還有另一個謎團……」

黑格爾也忙著查看其他門扉，以及確認是否有可疑的暗門機關。

「赫滅也好，動力管道工程也罷，這些又和法芙娜大人的命案有何關聯呢？」

他不是在質疑法蒂娜，只是真的不懂。

「我也很想知道，但我的直覺強烈地告訴我，這兩者絕對有關聯。」

法蒂娜說著，忽然在一處看似什麼都沒有的白色牆壁前，發現了暗藏的機關。

「黑格爾，應該就是這裡。」法蒂娜壓低嗓音，回頭說道。

兩人相視點頭，心中都有一個共識，只要進入這扇暗門，等待他們的可能是更大的危機。

做好心理準備後，由黑格爾朝牆面一推，果然出現一道縫隙，兩人趕緊趁四下無人偷溜進入。

一進到其中，忽然警鈴大響。

「啊，這才對嘛，不然多無聊啊？」

聽到警鈴刺耳的聲音，法蒂娜反倒一派輕鬆。

她雙眼正視前方，一邊聽著一群人朝他們奔來的腳步聲，一邊問身旁的黑格爾：「準備大秀一番了嗎？」

「早就準備好了，法蒂娜大人。」

黑格爾也不慌不忙，就好像警鈴聲是美妙的旋律前奏，絲毫沒有嚇到這對主從。

「那好，就讓他們看看，什麼叫得罪不起的人。」

話音一落，法蒂娜前方已經聚集了一排手持槍械和警棍的保全警衛，這群人個個全副武裝，將他們團團包圍。

法蒂娜和黑格爾也早有準備——

黑格爾立刻從燕尾服外套中拔出兩把槍。法蒂娜則迅速將手探進裙襬，拔出綁在大腿上的手槍。

「來吧，讓我們漂亮地大戰一場！」

一陣颯爽冷風從前方吹來，主從兩人各自持槍，禮服裙擺和雪白長髮隨風起舞，燕尾服下襬隨著俐落動作揚起又落下，槍聲、火光，以及打鬥的聲音宛如電影場面般華麗地閃過，此起彼落。

只是電影歸電影，這兩人是真實地在血與汗中作戰，槍傷、瘀傷等身體的各種疼痛逐漸襲來。即便法蒂娜和黑格爾都是一等一的戰鬥高手，在面對大量的敵人時，多少也會受到傷害。

不知道過了多久，以寡敵眾的兩人終於將敵人全數打倒在地，他們盡量手下留情沒有給保全們造成致命傷。

「呼呼……是太久沒運動了嗎……還真有那麼一點累人……」

黑格爾微微喘著氣，但他的手也沒閒著，從褲袋中取出新的彈匣，趁著沒有其他敵人的空檔趕緊更換。

「還說呢，這段期間我看你都沒什麼在訓練。」

相較於黑格爾，法蒂娜的身子依然站得筆直。儘管身上有些傷口、頭髮也稍顯凌亂，但連一口氣也沒喘出聲。

她也忙著更換彈匣，好應付接下來隨時可能出現的新危機。

「我這段期間都在王宮裡打雜啊……」

「嗯？你說什麼？好像在埋怨我的樣子喔？」法蒂娜挑起一邊眉頭。

「不！哪敢哪敢，法蒂娜大人您一定是聽錯了！」

黑格爾馬上猛搖頭否認，求生欲相當強烈。

「我們繼續前進吧，還沒看到保險櫃就先折損一些體力了。」

必須快點才行，這對法蒂娜來說不僅是風險上的考量，還有想快點知道真相的心情。

這對主從一路過關斬將，雖沒有真正斬殺敵人，但也把這些可憐的保全警衛打得落花流水。

「他們到底是什麼人……！」

「兩個人而已，居然能把我們的人傷成這樣……！」

「快！請求支援！支援！需要更多支援！」

諸如此類的聲音在保全之間流竄，然而再多的人馬也擋不住，最終兩人終於如願地看見那一整排固定在牆上的保險櫃。

「就是這裡吧，存放ＶＩＰ物品的保險櫃。」

法蒂娜看著前方的一排保險櫃，只是眼下又有新的問題——

「赫滅那傢伙把啟動裝置放在哪個保險櫃裡啊？」

她皺起眉頭，煩躁地看著外觀沒什麼區別的保險櫃。不僅如此，找到後還得能夠打開、順利取出才行。

「這確實是個難題，看來只能全部撬開看看了……」

黑格爾同樣也沒轍，但就在此時，後頭傳來一道聲音。

「想找啟動裝置嗎？福斯特伯爵。」

低沉、充滿威嚴的中年男性嗓音從兩人身後傳來。

法蒂娜和黑格爾立刻回頭，竟然是赫滅以及站在他身邊的相馬時夜！

「赫滅宰相……和相馬時夜啊……」

法蒂娜看著這兩人，不敢輕舉妄動。

相馬時夜正拿著一把槍對準她，以法蒂娜對他的了解，只要對方真有心射殺自己，絕對立刻就能辦到。

一旁的黑格爾見到自家主人被槍口威脅，自然很是緊張。為了法蒂娜的安危，他也不能隨意出手。自己受傷甚至賠上性命都無所謂，可是既然無法保證法蒂娜的安全，就不能貿然行動。

「相馬時夜……虧法蒂娜大人如此信任你，你最後還是讓她失望了嗎！」

黑格爾憤怒地瞪著對方，胸中滿是怒火，不能付諸行動讓他感到無比難受。

他寧願槍口對準的是自己！

「後悔嗎？」赫滅只是淡淡地詢問身邊的相馬時夜。

「我是宰相大人您的護衛，僅僅是負起這個職責而已。」

「很好。」赫滅不慌不忙地走到其中一個保險櫃前，輸入密碼，當著所有人的面取出裡頭的物品。

縱使赫滅沒有明說，法蒂娜也看得出那就是動力管道工程的啟動裝置。

他肯定是從會場趕過來，就為了取得這個裝置。

「福斯特伯爵，我有聽說，妳追查我的理由跟調查局那幫人不同。」赫滅將裝置拿在手上，轉而向法蒂娜開口。

「哼，所以你承認自己就是凶手嗎？」

法蒂娜的眉頭深鎖，瞪視著依然一臉平靜的赫滅。

「如果我說，這是為了成就大業而必須的犧牲呢？」

沒想到赫滅居然會這麼說，法蒂娜的瞳孔微微收縮、倒抽一口氣，用激動的口吻問道：「真的是你？是你殺害了我姐姐……？」

不只是她，黑格爾與相馬時夜的目光也集中在赫滅身上，不過相馬時夜的槍口依然沒有改變方向。

「妳姐姐，太過聰穎了。」

法蒂娜等人一時間說不出話，只有赫滅的獨白迴盪在空氣中。

「記得妳姐姐當時是在進行各國巡禮的外交活動，就和現在的妳一樣。只不過，不知該說她太過機敏，還是運氣太過不好。

「她察覺到我要做的大業，但實在是處理得不夠謹慎，被我發現她找了報社與調查局，意圖將這件事宣揚出去。真是可惜了，她是一個很好的女孩。」

「你這傢伙……！」

赫滅彷彿在訴說一則雲淡風輕的往事，而法蒂娜已經氣憤到想要衝過去直接殺死他。

黑格爾趕緊拉住她，倘若在這時相馬時夜真的開了槍，後果不堪設想。

至於相馬時夜，雖然仍持著槍，但他的手已經在微微顫抖，緊閉雙唇不發一語，臉色十分緊繃。

「我本無意傷害她，但是……對了，她叫法芙娜吧？當時，發生了一件逼得我必須這麼做的事。

「為了推廣我的大業，必須得到獅子心共和國王室的支持。而王室的軟肋就是那個愚蠢的王子。在我前往王宮參加會議那天，我撞見他正在做蠢事。」

赫滅將亞綸在王宮後花園差點非禮法芙娜一事告訴了法蒂娜。為了不讓法芙娜把這事曝露出去，亞綸在打昏法芙娜時剛好遇見了赫滅。

「『幫我處理這個女人！不然你就別想得到王室的支持！』……那個愚蠢的王子竟敢這般威脅我。但實在是很不巧，我正好在想如果能讓她再也開不了口的話，一切都會順利很多吧。」

「就是你……就是你殺害了我的姐姐，還用自殺隱瞞她死亡的真相！你這個萬惡的殺人凶手！」

法蒂娜的雙眼充滿血絲，臉龐漲成紫紅色，要不是黑格爾一直強行抱著她，法蒂娜早已直接襲擊赫滅。

「為了我……不，為了我們的大業，這點犧牲不算什麼。我不奢求妳原諒，只能說我不會後悔這麼做，我更是不在意——讓妳今天就和姐姐團圓。」

赫滅舉起手中的啟動裝置，用滿懷希望與光采的眼神望著它。

「只要按下這個開關，一切都值得了。來吧，相馬時夜，好好盡你的本分，別再讓福斯特伯爵痛苦下去了，讓她早日跟心心念念的親人團聚。」

「相馬時夜……！」

法蒂娜氣憤得緊咬下唇，激動到咬出血來。反觀相馬時夜沉默地低著頭，持槍的手不斷顫抖。

「朝福斯特開槍，相馬時夜——」

就在赫滅催促之際，忽然槍口的方向一變，轉而對上了赫滅。

「宰相大人，請恕我無法做到您的指令……」

相馬時夜的聲音聽起來沉痛又糾結。

他早就知道這天會來臨，也隱約意識到當年殺害法芙娜的凶手就是赫滅。然而他以為自己會選擇大業，而不是站在法蒂娜這邊，沒想到最終還是無法對她下手，尤其是聽完赫滅方才的那番說詞後。

「真是令人失望啊，相馬時夜，果然還是輸在女人的裙下嗎？」

面對赫滅冷冽不屑的眼神，相馬時夜不發一語，但也沒能真的扣下扳機。

四人就在此處僵持不下，法蒂娜心想必須有所行動，得趁機搶下赫滅手中的啟動裝置才能逆轉局面。

正當她準備這麼做時，忽然外頭又是一陣騷動。

「碰」的一聲，一群全副武裝的蒙面者衝入現場，他們身上的防彈背心寫著斗大又清楚的「調查局」字樣。

「統統到此為止，都束手就擒吧。別亂動才不會挨子彈喔，赫滅辛相跟福斯特伯爵，以及……兩位的手下。」

率眾闖入其中，面帶笑容對著這四人的，正是法蒂娜再熟悉不過的面孔——向隆笑咪咪地出現在他們面前。

「你們，都被逮捕了。」

螳螂捕蟬、黃雀在後，作為黃雀一角的向隆，笑笑地對著四人如此說道。

The Villain Earl's
Discipline Diary

尾聲

「赫滅想做的事，確實是一件大業沒錯啊，真是可惜了。」

在歷經一切，好不容易終於從調查局「請喝咖啡」的審訊室返回的黑格爾，放下報紙，抬起頭來對著法蒂娜感嘆。

「你這是在同情他嗎？他可是殺害姐姐的凶手。再說，他表面上雖是要用動力管道工程，供給整個蘭提斯大陸的電力，讓各國的動力能源不再不均……背地裡卻另有企圖。」

法蒂娜站在一旁的餐桌前，沒有命令黑格爾，而是自己動手沖煮咖啡。

餐桌上擺放著許多過去和姐姐法芙娜的合照，以及剛從今天的報紙剪下來的一篇報導。她把剪報放進相簿，和姐姐的合照放在一起。

這是法蒂娜憑弔的方式，告知姐姐她的冤屈已經洗刷。

「您是說，表面上是整個蘭提斯大陸的福祉，實際上赫滅是想透過遍布全大陸的管道操控能源嗎？

「若是工程真的成功啟動，各國往後的用電大權就都掌握在赫滅手中——也就是說，他搞不好就成了全大陸的實質皇帝了。」黑格爾一邊說，一邊想起赫滅的下場。

赫滅被調查局的人正式逮捕，證據確鑿。刑期雖還未正式定案，但除了無期徒刑，也只能是死罪一條。

這跟法蒂娜大人希望親手制裁的目標有些差距，但是黑格爾發現，不知道為什麼，後來她似乎沒有再像以往那樣憤恨、殺意濃烈地想要報仇。

儘管不太懂，但看在黑格爾眼裡，這確實算是一件好事吧。

不管是誰，沉浸在殺意強烈且執著的復仇業火中時，都不會真正幸福的。

「既然你知道，就別用一副佩服他的口吻，聽了很不爽。還有，以後別再用什麼尊稱了，就叫我法蒂娜。」

法蒂娜將沖煮好的咖啡拿到沙發區，在黑格爾的身旁坐下。

「這樣真的可以嗎？啊，還有您……咳，我是說法蒂娜，妳剛才可以叫我幫妳煮咖啡就好。」他有些驚訝地愣了一下，隨後看著法蒂娜喝起熱咖啡，便又如此說道。

「你真的是個笨蛋，黑格爾。」

法蒂娜放下手中的熱咖啡，板起一張臉瞪著他。

這下讓黑格爾又有些不知所措了，以為自己又做錯事或說錯話。

「聽著，從今天起，你不再是我的僕人、隨從，又或者任何附屬於我、與我有尊卑之分的人。」

「妳、妳的意思是……」黑格爾的嘴微微張開，一臉不敢置信。

「就是這個意思——」

話音一落，法蒂娜就直接將自己的唇湊上去，突如其來地吻了黑格爾。

「唔……」

黑格爾眨了眨眼，心跳加速，幾乎是無法呼吸。

好香——咖啡香氣之外，還有來自法蒂娜大人……法蒂娜本身散發的香氣。

「你是我的男人，黑格爾。」

四片唇瓣稍稍分開，法蒂娜低聲地這麼說，充滿與平時不同的挑逗性感，讓黑格爾更是重重地怦然心動。

「現在，你要收取『訂金』的尾款了嗎？」

「尾、尾款？」

黑格爾一時間反應不過來，但他有預感，接下來要發生不得了的事了。

「呵，我看你是想要。」

她輕笑一聲，語氣充滿曖昧，在黑格爾還沒回過神來之際，她便主動將對方壓倒在長長的沙發上。

「往後每一天，都能夠讓你收取各種『尾款』，這是我答應過你的，黑格爾。之後再找一天去遊樂園約會吧……」

這句話音落下後，兩人之間不再有任何理智的對話，取而代之的是更多令人害臊的細碎低吟……

對法蒂娜來說，她最終選擇了繼續向前，不再讓復仇與恨意占據自己的生命。

她已經確實替姐姐洗刷冤屈，福斯特家族還給了姐姐清白，各大媒體也準備大肆報導這件事……

法蒂娜做到了當初對姐姐的承諾。

雖然沒有真正親手懲處赫滅，但她也沒那麼在意了。

讓她有所改變的不是別人，正是此刻被她壓在身下，與之纏綿悱惻的男人黑格爾。

吶，姐姐——

請在天上看著，日後她這個妹妹，將會過上另一種截然不同的人生了吧。

——《惡役伯爵調教日記04》完

——《惡役伯爵調教日記》全系列完

The Villain Earl's Discipline Diary

後記

大家好，我是帝柳，這將是《惡役伯爵調教日記》系列最後一篇後記啦！對我來說，一直以來比起正文，後記更常常不知道要寫什麼。正文故事是一開始就有構思、大綱等想法，角色也有各自的設定跟塑造，但是後記就是一個很奇妙的存在。

你想說什麼都可以，正因為如此反而不知道要說什麼，而且大多數時候，很多想講的話老早以前就談過了（笑）。

如果有持續追《惡役伯爵調教日記》的讀者應該會知道，在寫這部作品時，帝柳處於孕期狀態。初期整個人不太舒服，雖沒孕吐也沒其他太大問題，但由於吃安胎藥的副作用明顯，整天大多都暈暈地躺在床上耍廢。

中期開始比較正常地恢復寫作，後期如現在正寫第四集的時候，肚子大了，肚裡的寶寶也更活潑，常常坐在辦公椅上打電腦時，就會一直感覺肚皮底下的小人不斷蠢動踢我，好像一副「媽媽妳不要再工作了，快去休息陪我玩」？

因為這樣，寫作速度真的比以往慢了不少（汗），在寫稿的時候專注力也比平時還要難以集中。

啊，真不好意思，真的是懷孕後什麼都可以聊到這上頭……忽然可以理解為何很多媽媽生孩子後，開口閉口都是媽媽經了XD

在寫這篇後記的時候，也算是快進入最後的待產階段，不過還是不能太快出來喔孩子！至少要等足月三十七週，再等一下下，讓媽媽繼續工作一小段時間，順便趁這時候好好大吃一下（笑）。

最後，帝柳預計在《惡役伯爵調教日記》完結後，暫停創作一段時間。什麼時候回歸不清楚，但也不是說絕對就斷了寫作的念頭。各種因素、天時地利人和讓我做下了這個決定。

很感謝一路陪我、支持我的讀者朋友們，也很感謝我的編輯們，雖不敢說休息是為了走更長遠的路，但在我創作的十幾年路上，很高興有你們。往後，應該還是有機會再回來寫作的。

那麼，我們就到時候再會了！

愛你們的帝柳 敬上

高寶書版集團
gobooks.com.tw

輕世代 FW360
惡役伯爵調教日記04

作　　者　帝　柳
繪　　者　深　雪
編　　輯　薛怡冠
校　　對　林雨欣
美術編輯　林鈞儀
排　　版　彭立瑋

發 行 人　朱凱蕾
出　　版　三日月書版股份有限公司
　　　　　Printed in Taiwan
地　　址　臺北市內湖區洲子街88號3樓
網　　址　www.gobooks.com.tw
電　　話　(02) 27992788
電　　郵　readers@gobooks.com.tw（讀者服務部）
傳　　真　出版部　(02) 27990909　行銷部 (02) 27993088
郵政劃撥　50404557
戶　　名　三日月書版股份有限公司
發　　行　英屬維京群島商高寶國際有限公司台灣分公司
　　　　　Global Group Holdings, Ltd.
初版日期　2021年 7月

國家圖書館出版品預行編目(CIP)資料

惡役伯爵調教日記 / 帝柳著.-- 初版. -- 臺北市：三日月書版股份有限公司出版：英屬維京群島高寶國際有限公司臺灣分公司發行, 2021.07-
面；　公分. --

ISBN 978-986-06564-6-6(第4冊：平裝)

863.57　　110007932

三日月書版

三日月書版

GOBOOKS
& SITAK
GROUP©

GOBOOKS & SITAK GROUP©